K.

消えた娘を追って

ベルナルド・クシンスキー／小高利根子［訳］
BERNARDO KUCINSKI / TONEKO KODAKA

花伝社

彼女を失い
突然
友情の輪を断ち切られた
友人たちへ

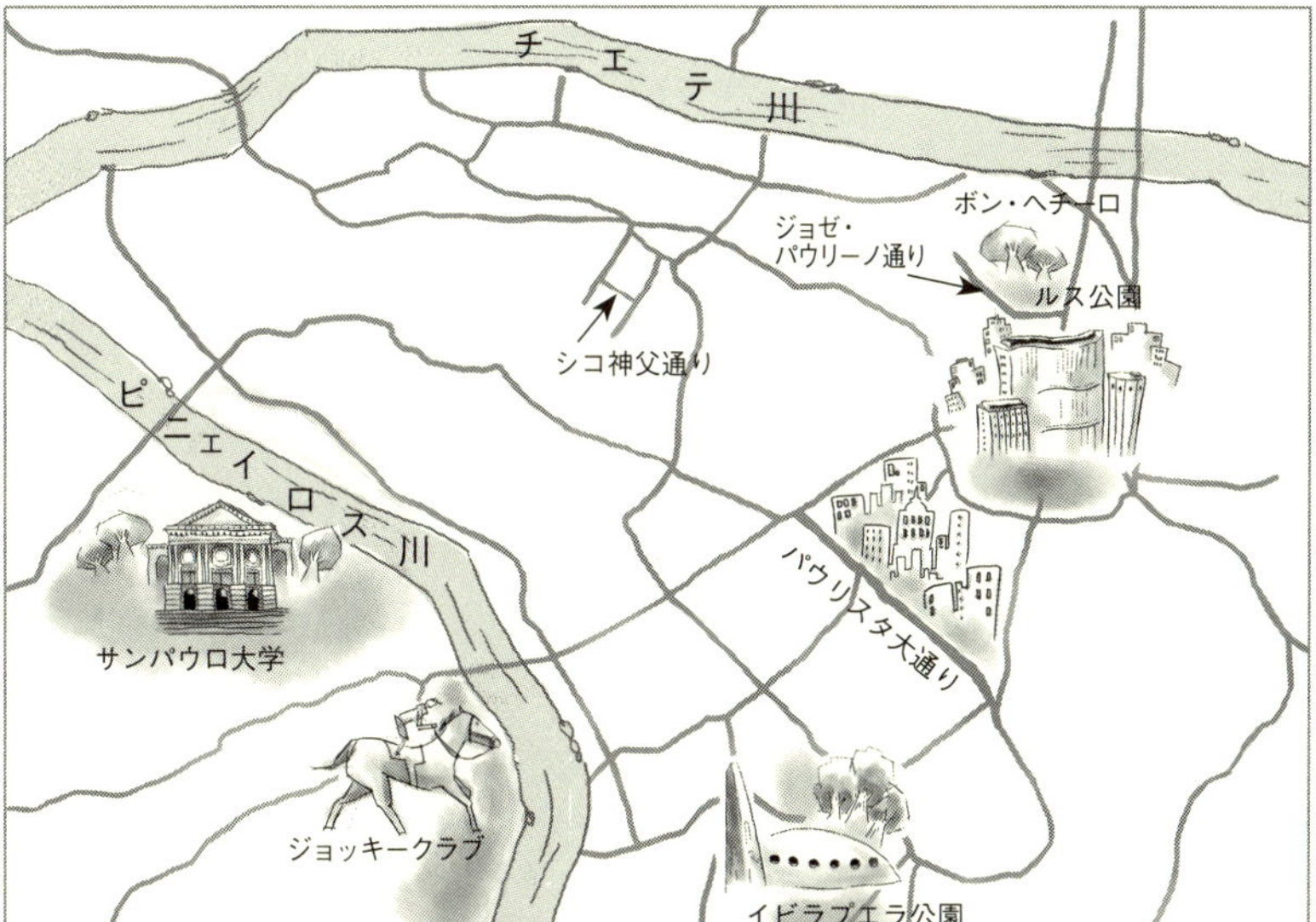
チエテ川
ボン・ヘチーロ
ジョゼ・
パウリーノ通り
ルス公園
シコ神父通り
ピニェイロス川
サンパウロ大学
パウリスタ大通り
ジョッキークラブ
イビラプエラ公園

サンパウロ市街図

読者の皆さまへ

この本の中のできごとはすべてフィクションですが、ほとんどすべてのことが実際に起こったできごとです。

B・クシンスキー

謝辞

批評やアドバイスをくれたアブラハム・ミルグラム、ベルナルド・ゼルツァー、カルロス・ナップ、フラマリオン・マウエス、フラヴィオ・アギアール、ヴェニシオ・リマ、ジルダ・ジュンケイラへ、イディッシュ語の使用法とワルシャワの地図について教示してくれたディナ・リダ・キノシタに、「困窮」の章の話し言葉についてはクラウジオ・セリに、そしてすべてを支えてくれた妻、睦子に感謝の意を表します。

K——消えた娘を追って◆目　次

私が知っていて、あなたがご存じないことを、私はお話しします。
でも、お話したい一番肝心なことは、私自身本当にわかっているのかどうか
わからないことで、もしかしたら、あなたにはわかっていらっしゃることかも
知れないのです。

ギマランエス・ホーザ作　『大いなる奥地』より

私は物語に灯りをともし
私自身を消し去る。
これを全部書き上げてしまったら
ふたたび声を持たない影の存在に
戻るだろう。

ミア・コウト作　『夢遊の大地』より

一　はじめに——届き続ける手紙

　ときおり、彼女宛ての手紙が私の以前の住所に郵送されてくる。銀行からの手紙で、なかなか魅力的な金融商品やサービスの案内などが入っている。一番最近の手紙は新しいクレジットカードの勧誘だった。世界中どこでも使え、ホテルの予約や航空券の購入にとても便利だという。彼女にはそれを十分活用する権利があるはずだった。その人生が突然断ち切られなかったならば……。「申込用紙にサインして同封の返信用封筒に入れ、投函《とうかん》してくださるだけで手続きは完了です」と手紙には書かれていた。

　封筒に書かれた彼女の名前を見ると、そのたびに私の心は激しく揺さぶられる。そして自問する。「どうしてこう度々手紙を送ってくるのだろう？　三十年以上前に消息を絶った人宛てに」

　悪気がないのはわかっている。郵便局も銀行も宛先人がもう存在しないことを知らないのだから。差出人は名前を隠すどころか得意気に派手なロゴを封筒に印刷している。銀行はその大理石の建物のように揺るぎない確実なものに見えるが、実際は顧客の顔を見ながらではなく、コンピューターのリストにただ従って通知を出しているだけなのだ。

宛先人が銀行のお勧めを受け入れることはあり得ない。クレジットカードは年会費無料だし、買い物でマイレージが加算され、飛行場では特別のラウンジが使用できるとしても。これらのサービスを彼女は受けられたはずだが、実際に利用することは将来的にもあり得ない。彼女が生きていた時代にはこうしたサービスはほとんど無かったと思う。だが、彼女がいない今、それが提供されようとしている。彼女の遺産目録に、もう一つ項目が増えたとでもいうように。

手紙は、まるで私たちの中の彼女の記憶を呼び覚まそうという悪意を密かに抱いているようにみえる。死亡が確認され、葬式が出せたならまだ心は癒される。だが遺体が見つからない行方不明者の場合、郵便配達は亡霊のディバック[1]のように、私たちの非や落ち度を責め続ける。一人の不必要な死だけでは満足せず、生きている人々の生、さらにはその子どもや孫の生まで脅かそうとしているようだ。

なぜ兄である私の以前の住所に手紙が来るのだろうか？　たぶん潜伏中や逃亡中に妹は当時の私の住所を銀行に知らせたのだろう。本当の居場所を教えるわけにはいかなかったのだから。悲劇に向かう一体どの時期にそれをしたのだろう？　妹のそのころの住所はどこだったのだろう？　住所はひとつではなかったはずだ。というのも追及の手を欺むこうと、住所を転々としたことがわかってきたからだ。

それは子どもを育てたり、友人たちを迎え入れたりするふつうの家庭ではなかっただろう。住居とは言えないような、ローマ時代のキリスト教徒が隠れ家としたカタコンベのようなもの。数か月か、あるいはほんの数週間、数日だけの居場所だったのではないだろうか。仲間の誰かが捕まれば、再び新たな隠れ家を必死で探し始めたにちがいない。

だからこそ、妹はその場しのぎのカタコンベの住所ではなく、私が妻や子どもたちと三十三年間住んだ家の住所を知らせたのだろう。その家には今、長男と孫息子が住んでいて、孫はおもちゃや二匹の犬と遊んでいる。私の書斎もそこにあり、妻は趣味の絵を描くアトリエを持ち、家庭菜園を楽しんでいる。

この家の売却は何度も考えたことがある。だが、もし売ってしまっていたら、人生の半分を思い出すよすがを失ってしまっていただろう、とあるとき気づいた。長男が「売るなんてとんでもない、これからも売るなんて考えられない」と言った意味がわかった。長男にとってこの家は自分の思い出のすべてが詰まっているところなのだ。

だが、ここで私は自分の思いちがいに気づいた。妹はこの家のことを知らないのだ。年数を数えてみたのだが、古い家をポルトガル移民の老夫婦から買い取ったときには、妹が失踪してからすでに六年が経過していた。そう、だから妹はこの家を知っているはずがない。前庭をぬけて玄関に続く急な階段を登って来たことは一度もなく、私の子どもたちとも会っていない。妹はうちの子どもたちの叔母さんにはついになれなかった。私にとっては、このことが一連の出来事のなかで何よりも残念なことだと思えてならない……。

妹がこの住所を知らなかったとなると、いったい誰が銀行に教えたのだろう？　不思議だ。この訳のわからないインターネットの世界、何事も完全には削除できないと言われるネットの内部で妹の名前と私の住所がどのように関連づけられたのだろう？　私自身が彼女の名前と自分の住所を結びつけたというのが、一番可能性が高いかもしれない。だとすると、公式に行方不明者として認めるよう申請したときだろうか？　弁護士に遺産についての正規の手続きを頼んだときだろうか？　職場放棄を理由に卑劣にも妹を追放した大学に、その決定の撤回を求めたときだろうか？　いつのことかは今後も判明することはないだろう。わかっているのは、宛先人のいない手紙が今後も届き続けるだろうということだけだ。

郵便配達員は宛名の人物が存在しないと知ることはないだろう。ましてその人物が軍事独裁政権によって拉致《らち》され、拷問され、殺害されたなどとは知るよしもない。彼だけではな

い。配達の前に郵便物の仕分けをする人やその同僚もその事実を知らない。宛先人の実在を証明するかのように封をされ消印を押された封筒に書かれた名前は、コンピューターのエラーでも欠陥でもなく、国家的な「物忘れ病」が原因ではないだろうか？　妹の名前が生存者のリストに残っているということは、逆説的ではあるが、死者たちのことを国民が集団的に忘却した結果ではないだろうか。

二〇一〇年十二月三十一日　　サンパウロにて

（1）ユダヤ神話《のり》に出て来る、人間にとり憑《つ》くと決して離れず苦しめ続ける悪霊。語源はヘブライ語の「糊」を意味するDevek。

二　深淵《しんえん》

あの日曜日の朝、悲劇はすでに取り返しのつかないところまで進行していた。Kは生まれて初めて激しい不安に駆られ、その不安はまたたく間に絶望へと変わった。

娘からの電話が途絶えてもう十日経つ。「一日一回は電話、日曜日にはそろって昼食という家族の決まりをなぜ破った？」と今度、言ってやらなくてはいけない。何か問題があるときこそ決まりはきちんと守られるべきなんだ。娘は二度目の妻とどうも折り合いが悪いからな……。

政治には詳しいはずのKが、最近の不穏な世情になぜもっと注意を払わなかったのだろう？　イディッシュ語(1)作家の友人たち（大体イディッシュ語などごく少数の老人だけが話す絶滅寸前の言語ではないか）よりも、最近この国で起こっていることに注意を向けていれば、状況は変わっていたのではないだろうか？　本当にそうかも知れない。イディッシュ語に何の意味がある？　なんにもない。生きている者たちをほったらかしにして、毎週一回、死んで屍《しかばね》となった言語を悼《いた》む集まりをしていたのだ。

日曜日の青空市で買ったものを手みやげに娘が訪れるようになって以来、日曜日と言えば娘を連想するようになっていた。突然、Ｋは前日のうわさを思い出した。ボン・ヘチーロ地区[2]でユダヤ人医学生が二人、行方不明になったというのだ。そのうちの一人は金持ちの息子だった。政治的な理由だな、軍事独裁政権のやることだ、反ユダヤ主義とは無関係だ、と言われていた。すでに非ユダヤ系の人々も消息を絶っていたから、ユダヤ人協会も行動を起こさないことに決めていた。いや、昨日のはただのうわさだ。本当ではないかも知れない。だれも若者たちの名前を知らなかったようだから。

不安がつのったのは、日曜日だからではなくこのうわさのせいだった。何かあったときに、と娘が置いていった電話番号に一日中かけ続けた。だが呼び出し音がさびしく響くばかり。映画好きの娘でもさすがに帰宅しているはずの深夜に電話したが応答はない。Ｋは翌日大学[3]に娘を探しに行くことに決めた。

その夜、夢を見た。自分は小さい男の子に戻っていて、コサック兵たちが父親の靴屋に押し入り、長靴の修理を強要している。早朝、悪夢にうなされて目覚めた。コサック兵たちがやってきたのは、ユダヤ暦の九日だった、と思い出した。ユダヤ民族に災難が起こったのはいつもこの日だ。第一神殿と第二神殿が破壊されたのも、スペインからユダヤ人が追放されたのもこの日だった。

何を恐れているか自分でもわからないまま、すでに恐怖感を覚えていた。妻を起こさないようにしてガレージからオースチンを出し、大学のキャンパスへと向かう。摩天楼のそびえ立つ市街地を横切った反対側、はるか遠くにキャンパスはあった。

目的地に着くのを嫌がっているかのように、街の中心部をのろのろと車を進める。大学に着けばいつも通り働いている娘に会えるにちがいない、という思いと、いや会えないかも知れないという怖れが頭の中で交錯する。それでも遂に大学の化学学部(4)の校舎に到着した。何年も前に一回だけ来たことがある。厳粛な面持ちの教授たちの前で娘が博士論文を発表したときだ。その教授たちのうちの何人かはドイツの大学を出てブラジルに渡ってきた人たちだった。

「今日はいらしてません」同僚の女性たちが言う。互いにそっと顔を見合わせ、ためらいがちに。それから、まるで「壁に耳あり」と恐れているかのようにKを庭に引っ張って行った。

そこで娘が十一日間も大学に来ていないことを知らされた。「ええ……確かに十一日間です、週末も入れて。彼女、一回も講義を休んだりしたことなかったのに……」と途切れがちにささやくような声で話す。一つの言葉の裏には口に出してはならない一千の言葉が隠されているかのような話し方だった。

その言葉に満足できず、不安にかられたKは他の人々の話も聞きたいと思った。娘の上司はもっと情報を得ているかも知れない。もし事故にあって入院でもしたら、娘はきっと大学に連絡しただろう。

同僚たちは「それはダメ」「少なくともしばらくはダメ」と引き留める。それではKが納得しないと見た彼女たちは、話の持って行き方を変えて説得を試みた。「旅行に出たのかも知れないし、用心のため数日間大学に来ないようにしているのかも……」「知らない人たちがお嬢さんのことを訊《たず》ねまわっていたんですよ」「変な人たちが大学構内にいるんです。車のナンバーを書き留めたりして」「彼らは大学の本部内にも入り込んでいます」

「彼らとは一体誰のこと?」と尋ねても、答えは返ってこなかった。

大学の上層部と話すことだけは止めるようにと説得され、Kは心痛を抱えたまま娘が前に教えてくれた「シコ神父通り」へと向かった。娘はそのときこう言ったのだ。「よほど重大なことが起こって、しかも私が電話に出ないときだけ、この住所の家を訪ねてちょうだい」と。「緊急の時だけ電話して。重大なことが起きたときだけ訪ねて」だって? どうして、そのときなぜかと訊《き》かなかったんだ。まったく、一体自分は何を考えていたんだ!

そこは真ん中で二軒に分かれている二階建ての家だった。直接通りに面していて、同じようなタイプの何十という家々の中にはさまれて建っていた。玄関扉の下にはチラシや新聞がほこりをかぶっていて、住人が長期間留守にしていることは明らかだった。ベルを何回もしつこく鳴らしたが、誰も出てこない。

さあ、これは深刻な事態だ。どうしたらいいだろう? 二人の息子たちは遠い外国にいる。今の後妻はこの際まったく役に立たない。大学の娘の同僚たちはパニックに陥っている。年老いたKは打ちのめされたように感じた。身体から力が抜けてそのまま倒れてしまいそうだ。頭がうまく働かない。

突然すべてが意味を失った。たった一つの事実、愛娘が十一日前（かそれ以上前）に姿を消したという紛れもない事実だけが重くのしかかり、それ以外のことはすべて色を失った。孤独感がひたひたと押し寄せてくる。

Ｋは頭の中で考えられる可能性をリストアップしてみた。なにか事故にあったか、あるいは知られたくないような重病ということは考えられる。最悪なのは秘密警察に捕まった場合だ。国家は顔も感情も持っていない。不透明で邪悪だ。唯一その姿を垣間見ることができるとしたら腐敗が明るみに出たとき。そのときでさえ、より大きな理由のために秘匿されてしまうことがしばしばある。そうなると国家は二重の意味で悪となる。残酷なだけでなく手の届かないもの、という二点で。このことはＫが熟知するところだ。

最近の情景を思い出してみる。娘は神経が高ぶっていて、なんとなく逃げ腰だった。あたふたとやってきたと思うとすぐに出て行ったりした。最終手段として住所を教えてくれたが、だれにも言わないようにと念を押した。――頭の中が混乱したまま、Ｋは思い知った。いかにひどい自己欺瞞《ぎまん》の中で生きてきたかを。自分がイディッシュ語にのめり込み文学講演会などの魅力にとりつかれている間に、娘は危険な道に足を踏み出したのだろう。それなのに、自分は不審も抱かず、娘の言葉を鵜《う》呑《の》みにしていた……。

ああ、それにジャガイモ料理が上手だというだけの理由でユダヤ系ドイツ人の後妻と結婚したのもまずかった。再婚しろよと悪友どもにそそのかされたのだ。全くもって皆のせいだ。―

――今まで悪口をたたいたことがなく、他人をあるがままに受け入れていたKが、激して悪態をついている。なにかもっとひどいことが待っているような予感がした。

弁護士でもある友人の作家に電話すると「行方不明者警察署」に申し出るようにと教えてくれた。それで解決はしないだろうが、父親としてはそうするのが法的に最低の義務だと言うのだ。友人はブリガデイロ・トビアス通りにある警察本部の住所をKに書きとらせた。二人のユダヤ人医学生の失踪についてもう耳に入っているかと尋ねると、ああ、知っている、一人の家族から相談を受けたという。「で、君はどう対処する？」と訊《たず》ねると、「何も」と答えた。政治的理由での拘束の場合、裁判所は人身保護令の請求を受けられないのだそうだ。弁護士にできることは何もない。何ひとつないんだ。今はそういう状況なんだよ、という答えだった。

警察はK老人にそっけなかった。行方不明者の大部分は酒飲みの父親や暴力をふるう義父から逃げた若者たちだという。そこでKは説明する。「娘は博士号を持つ大学の教師であり、独立して一人住まいをし、自分の車も持っている。何か政治がらみのことではないでしょうか？」と。

警察官に洗いざらい話す気はなかったので、それとなく訊ねただけだった。だから娘の住所もシコ神父通りのではなく自分の家の住所にし、自分の住所としては店のを知らせた。無意識のうちにKは、昔、若かったころポーランドで反政府活動をしていたときの習慣、ずっと忘れていた習慣を取り戻していた。当直の警官は「政治がらみでは？」という言葉に眉をひそめた。

政治的な場合は自分たちの管轄ではない、と言う。だが、Kに同情して訴えは受理してくれた。しばらく待つように、政治がらみなどという言葉を口にしてはいけない、と念を押す。
「捜索ですか？　警察はもっと他にやることがあるんでね。三十歳にもなる大学教師なら立派な大人ではないですか。お父さんは少し待っていてください。写真入りの回覧が各警察署に回ります。五日以内に連絡がなければ法医学研究所に行かれたらいいでしょう。ひき逃げとか何か事件に巻き込まれた身元不明の遺体がそこに送られるので」と最後は言いにくそうにこう話した。

　こうして年老いた父親の苦難の物語が始まった。日ごとに焦燥感がつのり、不眠症は深刻化した。大学とシコ神父通りの家までもう一回無駄足を踏んだのち、二十日目に例の文学仲間たちに助けを求めることにした。一度は抑制がきかなくなってさんざん悪態をついたあの友人たちにである。警察か軍か国家情報機関か、とにかく人々を跡形もなく呑《の》み込んでしまうあのシステムの内部にいる人間を知っている人が誰かいるかも知れない……。

　例の弁護士を除いては重要人物など誰も知らない小者ばかりだった。弁護士はリオデジャネイロのユダヤ人協会の役員の一人に軍の将軍たちとつながりがある人がいたような気がする、少し調べてみよう、と言ってくれた。

　Kは娘が姿を消してからの日数を計算するようになった。これも若い頃の鉄則のひとつだ。娘のために何か試みずに一日を終わるということはなくなった。というよりそれ以外のことは何もしなかったと言ったほうがよい。眠るために睡眠剤を使うようになった。二十五日が過ぎたとき、勇気を奮い起こして法医学研究所まで出かけた。

政治のことはおくびにも出さず、説明のつかない娘の失踪《しっそう》について話した。大学卒業時の立派な記念写真を見せる。それからもう一枚、もう少しやせて心配げな目つきのも見せた。「ありませんね」と係員らが言う。「最近届いた女性の遺体はほんのわずかで、皆、黒人か黒人との混血です。そのほとんど全部が困窮者ですし。本当のところ身元不明の女性の白人の遺体はここ一年以上、来たことがありません」

Ｋはほっとして法医学研究所を後にした。娘に生きて会えるという希望はつながったのだから。だが、見知らぬ困窮者たちの写真帳を見せられて気持ちが落ち込んだ。戦時中のポーランドですら、あれほどひどい顔、恐怖に大きく見開いた目を見ることはなかったから。

思い詰めてＫは店に月賦を払いにくる客や近所の人、はては見知らぬ人々にさえ話かけるようになった。皆に娘の話をした。「娘の車、フォルクスワーゲンのカブトムシも消えたんです」と声を強める。ほとんどの人は黙って最後まで聞き、Ｋの曲がった背中を軽く叩《たた》いたりして「それは大変ですねえ」と言う。ごく少数の人たちは、話し始めたとたん、医者に予約があるというような言い訳をして話をさえぎった。まるで聞くだけで自分の身に災いが及ぶかのように。

娘の失踪から三十日後、エスタード・デ・サンパウロ紙に政治的失踪者についての記事がひっそりと出ていた。サンパウロ大司教が「政治的失踪者の家族」との集会を呼びかけているという。

そう、確かに「政治的失踪者の家族」という言葉が使われていた。

Kはカトリックの教会には一歩も足を踏み入れたことがなかった。半開きの扉の奥に浮かびあがる薄明りの中の静まった聖堂や数々の聖人の像をそれまで異様なものと感じていたからだ。ユダヤ民族の先祖から伝わるカトリック教会への反発心に加えて、宗教的儀式一般（自分たちのユダヤ教の儀式も含めて）を拒絶していたのだ。信者や信仰心を嫌っているわけではない。嫌っていたのは聖職者たち、つまり神父やラビや司教たちだ。彼らは偽善者だと思っていた。だが、あの昼下がり、そんなことは問題ではなくなっていた。権威ある大司教その人が不可思議な失踪現象について話をしようとしているのだ。

サンパウロ大司教区聖庁のメインホールへ入って行きながら、娘の失踪がなんと自分を変えたものかとKは思った。玄関ホールに置かれたバロック様式の聖マリア像や角々に置かれた見知らぬ聖人たちの像を、今は親しみを感じながら眺めているのだから……。

到着したとき、集会はすでに始まっていた。たぶん六十人以上の人が集まっていたが、それよりずっと多い数の椅子が準備されていた。厳粛な面持ちの弁護士と思われる人たちが四人、会衆に向かって半月形に座り、集会の進行役を務めているようだ。一人の尼僧が大きな帳面に記録をとっていた。

かなり高齢の、たぶん九十歳以上と思われる婦人が話をしていた。ほっそりして小柄、白髪で鼻の先に眼鏡をかけている。彼女の夫は亡命先から戻ってウルグアイアーナ[5]でブラジルに入国するはずだった。国境のこちら側の事前に待ち合わせた場所まで夫は来た。ところがそこで跡形もなく完全に消えてしまった。まるで蒸発してしまったかのように、あるいは天使が天上に連れ去ったかのように。子どもたちのうちの一人が父親の足跡をたどろうとして、ウルグアイアーナのすべての病院、警察、バス停を回ったが、全く手がかりがなかった、という。隣にいる息子も母親の言葉通りだ、と言った。

次に、五十代と見受けられる婦人が立ち、元下院議員の妻だとまず自己紹介した。自宅に二人の警官が現れ、ちょっとお尋ねしたいことがあるので警察までご同行願えないだろうか、と夫に頼んだ。夫は全く動じていなかった。軍事政権によって国会議員の地位は解かれていたが、普通の生活をしていたし、弁護士事務所も構えていたからだ。その日以来八か月間、夫は姿を消している。警察は「署にいたのはほんの十五分で、家に帰ってもらった」という。でもどうして？　どうして完璧に消えてしまうなんてことがあるのでしょう？　この優雅なたたずまいの婦人は四人の子どもたちを伴っていた。

失踪の申し立てはまだまだ続く。誰もが話したがっていた。聞きたがっていた。そして理由を知りたがっていた。すべての事例を集めて総合的に見れば、何か説明が、ロジックが、そしてなによりも解決法が、悪夢を終わらせる方法が見つかるのではないだろうか？

二十歳そこそこの若い女性がまわりに座る一団を代表して発言を求めた。「アラグアイア事件の失踪者家族団」だと言う。Kはこのとき初めて「アラグアイア事件」が口にされるのを聞いた。アマゾンの森林地方で大勢の青年たちが軍に捕えられ、その場で処刑されたという。

この家族団が集会に持ち込んだのは一種特殊な事件だった。陸軍はそんなことは全く起こっていないと主張する。だが、捕えられた若者の内の一人、たった一人だけが脱出に成功し、一部始終を証言したのだ。家族たちは死者を自分たちの手で埋葬したいと願っていた。五十人以上だったとの話だ。つまりこの事件の場合は「失踪」ではなく、すでに死んでいることはわかっていたのだ。処刑の場所もほぼ特定できているという。だが軍部は引き渡すような遺体は一つもないと言明している。

ある若者は妻とパウリスタ通りのコンジュント・ナシオナルビルで昼食をとったが、その後二人の姿を見たものはいない。その話をしながら、若者の母親はそばに座っている人たちに息子や嫁や孫の写真を見せていた。

一人の紳士が立ち上がり、この集会に出るためだけに、わざわざゴイアニア(6)からやって来たと語った。二人の息子（一人は二十歳、もう一人はまだ十六歳）が失踪者だと言う。この紳士は緊張のためだろう、話し方がどもりがちだった。彼が「失踪者」という言葉を初めて使用した人物だった。彼も息子たちの写真を持参していた。この紳士のあと、Ｋは勇気を奮い起こして自分の話を始めた。

すでに夜になっていたが、話は続いていた。場面や細部、状況は違っているが、全部で二十二に上る事例はどれも共通の恐ろしい性格を持っていた。つまり、人々は跡形もなく消えてしまった、という点である。まるで気化してしまったかのように。アラグアイアの若者たちの場合はすでに死亡が確認されているが、この点では同様である。尼僧はひとつひとつの事例を帳面に書き留めていった。家族が持参した写真も集められた。

Ｋはすべてを聞き、本当に驚いてしまった。あのナチスだって、犠牲者たちを焼却炉で灰にはしたが、少なくとも記録は残した。一人ずつに番号がふられ、腕に刻みつけられた。一人死ぬごとに帳面に記録された。ナチス侵攻の初期は虐殺が行われたし、その後も起こっている。一つの村のユダヤ人全員を壕の前に並べ、銃殺し、上から石灰と土をかけて終了、というようなことはあった。だが、それぞれの場所の非ユダヤ系住民はユダヤ人らがあの穴に埋められていることを知っており、人数もわかっていれば、誰だったかも知っていた。親しい人の身に何が起こったかがまるでわからないという苦しみは存在しなかった。ホロコーストは集団殺戮《さつりく》ではあったが、そこに人々を呑《の》み込む深淵があったわけではなかった……。

(1)イディッシュ語は東欧のユダヤ人が使う言語。二十世紀初頭に最盛期を迎え、多くの文学作品が生まれた。ホロコーストのためと、戦後建国されたイスラエルが公用語としてヘブライ語を採用したために急激に衰退した。

(2)サンパウロ市中心部にあるユダヤ人集住地区

(3)サンパウロ州立大学。サンパウロ市南西部に広大なキャンパス「大学都市」を持つ。

(4)日本では普通「理（工）学部化学科」だが、サンパウロ大学の場合は化学が一つの「学部」になっている。学部、修士課程、博士課程、研究所をすべて合わせて「化学インスティテュート」と呼んでいるが、Kの娘は学部で教えていたので、本書では便宜上「化学学部」と表記する。

(5)ブラジル最南端リオ・グランデ・ド・スル州の西端に位置する街。ウルグアイ川をはさんでアルゼンチンと国境を接している。

(6)ブラジル中心部にあるゴイアス州の州都。サンパウロ市までの距離は約九百キロ。ゴイアス州内に首都であるブラジリア連邦区がある。

三　罠《わな》

外ではいつもと変わりのない生活が続いている。女性たちは買い物をし、労働者たちは働き、子どもたちは遊んでいる。乞食は物乞いをし、恋人たちは愛を語っている。だが寝室一つの小さな家の中では一組の男女がパニックに陥っていた。手は震え、おびえた声で言葉を交わし、互いの目を合わせるのを避けている。冷や汗が流れ、恐怖を発散する。今朝の待ち合わせ場所が当局に発覚したのは密告があったとしか説明がつかない。仲間の誰かが通報したのだ。裏切り者かそれとも当局からの回し者。わずかに残った仲間の中の誰か、いずれにしても二人にきわめて近い誰かの通報にちがいない。

ほんの二時間前の出来事である。二人が受けている指示は明快で疑問の余地はない。こうした場合は最悪の事態を想定しなくてはいけない。捕まった仲間は拷問に屈してなんらかの情報を漏らすだろう。この仲間がどこまで知っているかを詳しく検討する時間も余裕もない。すべて知っているとみなすべきだ。

幸いにも、男は用心の上に用心を重ねていた。こうなることを予感していたのかもしれない。

約束の時間より一時間早く到着し、誰からも見られずに広場を見通せる、少し離れた場所に身を潜めた。そして変装した警官が一人ずつやって来て真ん中、右、左、四隅と、それぞれの持ち場につくのを目撃した。少なくとも十人はいただろう。

連絡員がやってきた。うつむき加減でよろよろと落ち着かない様子で歩いてくると、あらかじめ打ち合わせてあったベンチに座った。安全のための行動規定によれば、ここから五分間待つことになっている。それ以上待ってはいけない。

男は五分間も待たなかった。目撃したことで十分。「罠《わな》」だ。連絡員その人が餌の役割を果たしているのだ。あるいは裏切り者は他の人かもしれない。男はこの地域のコーディネーターだった。地域のトップもこの待ち合わせ場所が再開したことを知っていた。

どうしよう？　数か月前、ボスが捕まったときだったら、答えは簡単だっただろう。敗北を認め、闘争をやめればよかった。撤退して将来ふたたび起こる闘いに備えれば良かったのだ。ところがこの朝、事態はそんなに簡単ではなくなっていた。それでも進むべき道はたった一つで、その道は見かけほど大変なものではない。敗北を認めるという道だ。それでおしまい。負けたのだ。もう闘争は終わった。書類を燃やし、計画を放棄し、手がかりを破壊し、すべての待ち合わせを無視し、電話にも出ない。すべての接触を断ち切る。ただし、わずかに生き残った者たちが過去を振り返って、あのときは敗北を受け入れるほか道がなかったと認めるには数十年の時の経過が必要になるだろうが……。

そのとき、小さな貸家に引きこもり、孤立していたこの男女のカップルは、このようには考えず、闘いを止めようとは思わなかった。まだ危険の度合いを見きわめようとしていた。捕まった仲間は二人の偽名は知っていた。仲間の名前や状況や場所や期日を断片的に話してしまう可能性はある。電話での安全のための決まりを守ったかどうか、思い出してみる。大丈夫。待ち合わせの日を知らせるときは実際より一日あと、時間も一時間あとを言うという安全規定を守っていた。

急がなくてはいけない。待ち合わせを設定した人物もまた裏切り者かも知れない。一人は捕まり、一人は裏切った。二人は同一人物かもしれないし、それぞれ危険な二人の人物かもしれない。いつなんどき、そのうちの一人が自分たち二人を売り渡すかわからない。すばやく行動すれば自分たちの人生の表側の半分、つまり本来の人生だけは維持できるかもしれない。

二人は正規の身分証明書を持ち、安定した職につき、両親や兄弟、親戚や友人がいた。彼らの二重の人生のうちの非合法でない半分は全く傷つけられていない。（ここで意味深長な新語「削除《ディレート》」を使わせてもらえば）秘密にしている方の人生を「削除」しさえすればよい。生き残るために。それは臆病だからではない、賢明だからだ。敗北しながらも生き長らえれば、それこそ勝利と言えるのではないか。あるいは、人生の半分を削除することは出来ないとしても、必ず逃げ込む先はあるはず。田舎や、どこかの国の大使館や教会に。敗北を認めさえすれば……。解決の鍵は敗北を認めること。闘争に終止符を打つことだ。

だが、二人はそれをしなかった。的確な判断ができなかった。彼らを支配していたのは政治闘争の論理ではなく、ほかの論理、たぶん自責の念、連帯心、あるいは絶望だったのだろう。二人は小さなブリーフケースに二つの偽のパスポートを入れた。粗雑な偽造品だった。敗北が決まった今となっては使うはずもない作戦計画書、ピストル一丁とそれに適したものかどうかもわからない弾薬も入れる。結婚前に交わした同意書も。これは一人が危険な状態になったとき、もう一人にその危険が及ばないように、という意図で書かれたものだった。

もう一つの大き目のキャンバス地のバッグには、手間ひまかけて作り上げた告発書類を詰め込んだ。この書類こそ何よりも価値があると思っているものだった。二百三十二名の拷問執行者たちのリスト。(彼らは何十年か後、名前を広く公表されたが、軍政終了後数十年経った後も決して罪に問われることはなかった。)政治囚たちのマニフェスト。拷問の記録、アムネスティ・インターナショナルへ送られるはずだった報告書、など。また拷問機関を財政的に支援した企業経営者の日常行動や習慣を記した新聞記事のスクラップのファイルも入っていた。二人はこのとき知らなかった。自分たちがターゲットと定めていた企業経営者たちは、すでに暗殺されていた一人を除いて全員が、後年、家族や友人たちに看取られて穏やかな死を迎えたことを。功績を称えられて道の名前になった人々もいたということを。

ところで文化センターから「収用」してきた謄写版二台はどうしよう？　置いていくより仕方がないだろう。本も同様だ。歴史、マルクス理論、経済に関する数十冊の本、マリゲーラの

『都市ゲリラ教程』。ドゥブレーの本、マルタ・ハーネッカーの指南書、ニーチェの「支配的なモラルに抗する個人の意思の不屈の力」を推奨する驚きに満ちた数冊の本などもあきらめるしかない。

外ではいつも通りの暮らしが続いている。国内総生産は成長を続け、女性たちは買い物に出かけ、子どもたちは遊び、乞食は憐《あわ》れみを乞い、恋人たちは接吻《せっぷん》を交わしている。闘争はいつか状況が変化したときに再開することにして、二人は生き残るために何か試みることができたはずだった。しかしそうはしなかった。両人の最後の仕事は歯と歯の間に青酸カリの小さなカプセルを入れること。拷問されて仲間を売り渡すことがないように、生きて捕まりはしないと二人はだいぶ前に誓い合っていたのだから。この青酸カリのカプセルについては闘争のマニュアルにはひとことも書かれていなかった。

四　情報提供者

「おはよう」「こんにちは」「元気？」といったいつもの挨拶が交わされる、おだやかで目に見える世界とは別に、目には見えない、醜悪で卑劣なもう一つの世界が存在する。そこは情報提供者たちが暗躍する世界だ。娘の拉致事件がなかったならば、その世界が身近に存在することにKは気づかなかっただろう。だが、彼ら、警察への情報提供者はいつでもひそかに存在していた。その筆頭がカイオだ。礼儀正しく、色白で、仕草がいくらか女っぽい。もうずっと前からKの店のショーウインドーの飾りつけを担当している人物だ。商売道具の待ち針を口にくわえ、マネキンの間を軽々と動き回る。

ショーウインドーを冬向きに模様替えするためにカイオがやって来ると、Kはすぐ話しかけた。「五週間も娘が行方不明なんだ」「五週間だよ」とくり返す。「やあ、元気かい？」のあいさつも省略している。Kはカイオを店の奥の小部屋に引っ張るように連れていった。そこでむりやり座らされたカイオは老人の手振り身振りを交えたドラマチックな独演につき合わされることになった。聞き終わるとカイオは沈んだ顔で礼儀正しく「それはお気の毒に」と述べた。

続いて「仕事にかかりましょう」とKを促した。

だが、仕事が終わるとカイオはKをコーヒーに誘った。パン屋に入るとカウンター近くに陣取り「実は警察に友人が何人かいるのです」とささやく。「仕事の関係でブラス地区のシリア系の店やボン・ヘチーロ地区のユダヤ人の店やブルックリン地区のドイツ人の店に行ったりしますんでね。政府はこうした外国人移民たちをかなり気にしています。動静は一部始終報告されているんです」とさも重大そうな口調で語った。「お力になりますとも。お嬢さんが捕まっているかどうか調べてみましょう。もしそうならどこに連れて行かれたかも調べてみます」とうけ合った。

これはびっくりだ。カイオが当局の情報提供者だなんて！　驚いたKはあわてて紙ナプキンに娘の名前と年令を書いた。サンパウロ大学化学学部教員とも書き加えた。

翌日、Kの店にパン屋の主人アマデウがやってきた。シャツを見せてほしい、と言う。ポルトガル系移民のアマデウとユダヤ系移民のKとは二十年来のつき合いだった。シャツを見るふりをしながらアマデウはパン屋の仕事の話をした。レジの前で何時間も立ち通しでいるのはとても骨が折れる。だが、そうしていれば店で起こっていることがすべて見渡せるのだ、と。カウンターでカイオとひそひそ話をしているのを見て、娘の失踪の話にちがいないと思ったと言う。この近辺ではその話はもう知れ渡っていたのだ。

「良いパン屋というのは、パンを買うためだけの場所ではないんだ。社交場のようなもの、人々の出会いの場所だ。田舎の薬屋のようにね」とアマデウは言う。「パン屋のカウンターでどんなにいろいろな話が交わされるか知っているかい？　うちの店には一日に二千人が出入りする。週末には三千人以上だ。パン屋は警察にとってとても役に立つ場所なのさ」とアマデウが説明する。「娘さんが捕まっているかどうか調べてみるよ」

Kから娘についての情報を聞き取ると、アマデウは自分の店へ戻っていった。シャツは結局買わずに。

カイオとアマデウの二人が情報提供者だとすると、スパイはそこらじゅうにいることになるぞ、とKは複雑な思いで結論づけた。確かに一九三五年にポーランド警察の手を逃れてブラジルに来たとき、同胞たちが「ジェツリオ[1]のスパイに気をつけろ」と注意してくれた。「スパイはそこらじゅうにいるのだから」とイディッシュ語で警告した。それはファシズムの時代の話だ。だが今ふたたびスパイがそこらじゅうにいるらしい。

それともスパイはずっといたのだろうか？　きっとそうだと思いはじめた。政府が情報を使うかどうかは別として、情報提供者は常にいるのだ。ジェツリオのように悪意ある政府なら情報を活用するだろう。良い政府ならそれほど使用しないだろう。ジェツリオはオルガ[2]やそのほか多くの人々の隠れ家を情報提供者のおかげで発見できたではないか。オルガに対しては本当にひどいことをしたものだ。

あれこれ考えているうちにボン・ヘチーロ地区の薬局の主人を思い出した。密告者として有能で、まだ二十歳だと言うのにサンパウロのユダヤ人なら知らない人はいないというほどの情報提供者になっている。Kはすでに亡くなった父親と知己の中だった。リトアニアのビリニュス大学の化学科を卒業し、イディッシュ文学の愛好者だった。警察のスパイとなった息子のことを死ぬまで恥だと思っていたが、息子自体はユダヤ人社会に受け入れられていた。正規の書類を持たずにナチスを逃れてきたユダヤ人たちを大勢助け、それほど高い見返りは求めなかったからだ。同胞がもめごとに巻き込まれたときには、警察とうまく折り合いをつけてくれる。娘がわけもわからず姿を消したとき、なぜ一番に彼のことを思い出さなかったのだろう、とKはふしぎに思った。

そのときショーウインドー担当のカイオから電話がかかってきた。お嬢さんはたしかに当局に捕まっている。今はそれしかわからない、明後日になれば、もう少しわかると思う、と言う。そちらからは電話しないでください。私からかけますから、とも言った。その午後、アマデウの使用人がやってきて「ご注文の品が届きました」と言う。Kはその意味を理解し、パン屋に出かけた。レジに人がいない時を見はからって近づき、大きな声で「注文の品はいくらだね?」とたずねる。アマデウは「捕まっている。わかるのはそれだけだ。数日のうちにもう少しわかるだろう」と耳元でささやいた。Kは喜びにあふれた。娘は生きている！　死んでいたら「捕まっている」とは言わないだろう。二人とも同じことを言っているじゃないか。言葉では言いつくせないほどの安堵《あんど》感を覚えた。あとは居場所がわかるのを待つだけだ。

だが、二日後の昼前、ポルトガル人に呼ばれて行くと「まちがいだった。娘さんは捕まったことはない。一度も」と小声でささやいた。「一度も」と念押しをした。ひどくおびえているようだった。同じ日にカイオが電話してきて、まったく同じ言葉を口にした。まるで決まり文句のメッセージをくり返しているように。「まちがいでした。お嬢さんは捕まったことはありません。一度も」と小声でささやいた。「一度も」と念を押すと返事を待たずに電話を切った。

この状況の急展開をどう解釈したらよいのだろうか？　茶番だ。もちろんそうだ。ウソをついているのだ。出来の悪い茶番劇だ。前に「捕まっている」と言ったときではなく、今、ウソをついているのだ。Kは気分が悪くなり、心の中にぽっかり穴があいたように感じて椅子に崩れ落ちた。

すでに五週間以上たっている。知らせがない一日一日が過ぎるごとに、当然ながら悪い予感が強まる。ふたたび薬局の若主人のことを思い浮かべた。なぜ彼を訪ねようとしなかったのか、今のKにはもうわかっていた。スパイの息子を持った父親の悲しみを思うと気が重かったのだ。

翌日、早朝にKは薬局に向かった。わずかの間にすっかり老けてしまったが、薬局の主人はすぐにKだとわかった。娘の拉致事件のことも知っていた。ボン・ヘチーロ地区全体がすでに知っていたことだ。Kを奥まった注射室に連れて行き、年老いたユダヤ人Kの苦しみに満ちた話を聴いた。その苦しみは「最初は捕まっていると言ったのに、なぜあとからそれを撤回したか？」という疑問でさらに強まっていた。

薬局の店主は理由を知っていたが、なにも言わなかった。まるで教室で生徒に教えるように一般的な説明の仕方をした。「大勢のユダヤ人の若者たちが反政府活動に加わるようになって、秘密警察も〈過激派ユダヤ人対策〉を復活したんです。ユダヤ人移民社会は恐怖を感じて分業体制を敷くことにしました。政府側だって分業にしているのですから。反政府活動は軍事警察の担当。警察は協力するだけ、というふうに」

彼は今まで通り警察沙汰に収拾をつけたり、ユダヤ人協会に集まる共産主義者たちや、不法滞在のユダヤ人の問題解決、ブラジルでのシオニズム運動(3)に関わっているという。「反政府活動関連は他の人たちが担当しています。こちらについては私のほうの伝手ではどうすることもできません。人脈や姻戚関係、大物とのコネ、交換条件、どれをとっても無力なのです」と言う。

「サンパウロのラビが一人とリオデジャネイロのユダヤ人協会の世話役が軍の高官たちとつながりを持っています。でも、私の知る限りではこの人たちも全くお役に立てません。わかりやすくご説明すれば、いくらお金を積んでもダメなのです」と言い、若い店主は「いくらお金を積んでも、誰も逃れられないのです」ともう一回くり返した。

薬局の主人は紙になにごとか書きつけるとKに手渡した。なんと言っても、父親の親友なのだから。「この人が何かお役に立てるかも知れません。すぐそこ、百メートルほど行った左側の商業ビルにいます。誰に聞いたかは言わないでくださいよ」

ビルは細長く、二階建てだった。たずねると、あそこのジーンズに運動靴の青年がビルの所有者だという。Kは若者に近づき、口早に自己紹介した。相手は驚いた様子だったがすぐ平静をとり戻すと、店の中は騒がしくて話ができないからとKの腕を取り、通りをゆっくり歩き始めた。歩きながら話してください。聞いていますから、と言う。店の使用人たちに聞かれるのを恐れているのだな、とKは思う。娘の同僚たちが大学の庭にKを引っ張るように連れ出したことを思い出した。

ジョゼ・パウリーノ通りを終わりまで歩き、反対側の歩道を戻ってきた。Kが話し、情報提供者は耳を傾ける。ときおり若者は横目で後ろをうかがい、二度ほどKをさえぎって誰が自分のことを教えたか、とたずねた。だが、Kは口を割らない。試されているとわかっているからだ。もし明らかにしたら、もう一人の信頼を失ってしまうだろう。最後に若者はKの電話番号をたずね、待つように、と言った。なにも約束はできないが、とにかくやってみる。自分を訪ねてこないでほしい。自分のほうから連絡を取るから、と。

薬局の主人の分別のありそうな様子と商業ビルの所有者の振る舞いから言って、カイオとアマデウは何をやっているかわかっていない素人だな、とKは判断した。頭の中は混乱していたが、二人が言葉をひるがえした謎は無情にも解けた。なにかひどいことが起こったのだ。二人の協力者を脅し、前言を取り消させるほど恐ろしいことが起こったのだと、胸に鉛のように重くのしかかるものを感じた。娘は自分が知っているものとは全く違う、ポーランドにもなかったような、入っていくことのできないあるシステムの中に吸い込まれてしまった、と感じた。薬局の主人の言葉が心に深く沈んだ。

二日後、例の商業ビルの所有者が電話をしてきた。誰かわかるように「ジョゼ・パウリーノ通りを一緒に歩いた者だ」と名乗った。娘さんは一か月以上前にポルトガルに逃げていますよ、と言うと、そのまま電話を切った。それはありえない、とKは思う。へたなウソだ。父親にこんなに心配をかけるようなことをする娘ではない。ブラジルには連絡できなかったとしても、ポルトガルからならイスラエルにいる親戚に連絡が取れるし、なによりイギリスにいる兄とはいつも連絡を取っていたのだから。

翌週、店にポルトガルから円筒形の郵便物がK宛てに届いた。差出人は娘の名前。手書きで書いてある。中にはカーネーション革命の政治的なポスターが数枚入っていた。娘の筆跡ではない。Kにはすぐわかった。娘の字はわずかに右に傾いていて美しく、まるで習字の手本のように整っている。茶番を仕組んだな。私を苦しめるための茶番劇だ。情報提供者たちは全員共謀しているのだ。まったく腐れきった奴らだ。Kはイディッシュ語で悪態をついた。

一体どんなことを裏切り者の情報提供者たちの耳に入れてしまったか、Kは心配になって思い返してみた。一番危険なのは一番親切だったカイオのような人たちだ。カイオは最後まで話を聞いてくれて協力を約束してくれた。K自身の口からすでにどこに娘を探しに行ったか、誰と話をしたか、友人に大物はいるか、外国との接触はあるか、救援依頼や告発の手紙を出したのはどういう団体か、弁護士は誰で誰か協力してくれている人はいるか、などその他もろもろの断片的な情報を多数漏らしていた。なんて愚かなことをしてしまったのだろう！　この愚か者め、とKはイディッシュ語で自分に悪態をついた。

　まだ自責の念にかられているとき、作家で弁護士でもある友人から電話がかかってきた。軍部の高官が例のリオのユダヤ人協会の世話役の頼みに応じて、Kに会ってくれると言う。こんな好機を無駄にするという手はない、と住所と面会時間を知らせてくれた。将軍と会うのは夜だった。Kは今までふりまわされてきたことや、娘が失踪してから日が経っていることを考えると、まだ希望を持っていいのかわからなかった。だが、父親に聞かせられないような話をするために将軍が会うということもなかろう、と思う。

　その晩、軍人クラブに出かけたKは、花びらのようにカーブする白い大理石の階段を上階へと上りながら　ネオクラシック調の荘厳な建築に目を奪われていた。と、そのとき突然、昔、ワルシャワで、もうひとつの階段を上ったことを思い出した。同じように大理石でやはりネオクラシック調だった。まだ若く血気盛んだったKは姉のギッタの居場所を尋ねるために、階段を一段とばしで駆け上がっていたのだ。「ユダヤ人労働者社会主義民主党」の創設に協力していた政党の集会で姉は捕まったのだった。記憶のかなたに埋没したと思い込んでいた思い出が頭に浮かんだことで、よけい警戒心が強まる。

　ポーランド警察に反政府活動の容疑で拘束され、ヴウォツワヴェク[4]の街を引き回されたのは

Kが三十歳のときだった。他国に出国するという条件に加えて、闘争の同士たちが集めてくれた袖の下のおかげで釈放された。だから取るものも取りあえずKは妻と息子を置いて急いで出国した。ブラジルで家族と再会したのは一年後のことだった。だが、五歳年上の姉、ギッタは同じようにはいかなかった。凍えつくような牢屋《ろうや》で結核にかかり死亡した。

突然浮かび上がったギッタの思い出がワルシャワの階段での警察官を思い起こさせた。「あんたの姉さんは逮捕されたことなんか一度もない。ベルリンへ逃げたんではないか？そう、愛人とね」と階段のてっぺんから怒鳴りつけて、Kを追い払ったのだった。

将軍の前に出たときはまだギッタのことを考えていた。将軍は不機嫌な顔でKを迎え、乱暴に彼に座るよう命じた。「軍への根拠もない深刻な告発をユダヤ人社会で広めているそうだな?」とKを咎《とが》める。続いて言った。

「娘さんは愛人とブエノスアイレスへ駆け落ちしたんではないか? そういうことを考えなかったのかね?」

(1)Getúlio Vargas(一八八二―一九五四)一九三〇年からブラジルの大統領。一九三七年に議会を解散してファシズム的独裁体制を敷く。一九四五年軍のクーデターで辞任するが、一九五一年ふたたび大統領に。一九五四年自殺。
(2)Olga Benário Prestes(一九〇八―一九四二)ユダヤ系ドイツ人。共産党員。ブラジルの共産党幹部ルイス・カルロス・プレステスの妻となる。妊娠中にヴァルガス政権によってナチスドイツに送還され、強制収容所でガス室に送られる。
(3)十九世紀末に始まった、イスラエルの地(パレスチナ)に故郷を再建しようとするユダヤ人の運動。「シオン(エルサレム市街の丘の名前)」の地に帰るという意味。
(4)Wloclawek ポーランド中部の都市。ワルシャワの北西一四〇キロに位置する。ドイツ軍のポーランド侵攻の際、最初にこの街でユダヤ人の組織的集団殺戮《さつりく》が行われた。

五　初めてのメガネ

「かわいいよ」

メガネをかけた女の子を眺めてＫは言った。

女の子はなにも言わなかった。なにも聞かなかったような顔をしている。だが、注意深く観察する人ならば顔の筋肉が瞬間的にひきつったのを見逃しはしなかっただろう。メガネの注文にお父さんと来たとき、友だちのサリーニャを連れてくるべきだったわ。でももう遅い。娘は後悔した。

女の子は十四歳。先週父親と一緒に来て選んだメガネを、今日の午後受け取りにくることになっていたのだ。彼女にとって生まれて初めてのメガネだった。

教室の最前列に座っていても黒板に書かれた文字が見えにくくなっていた。小さい文字や数字は目を細めないと読み取れない。ずいぶん前からそう言っているのに母親は気にしてくれなかった。

ある日、乗るバスをまちがえ、八ブロックも歩いて戻らなくてはならなかった。行く先の

「ディヴァ地区」と「パイヴァ地区」を読みまちがえてしまったのだ。それで父親はびっくりして娘を眼科医に連れて行った。視力は右目が〇・二、左目が〇・一という診断だった。

女の子はメガネ屋に一緒に行って、と母親に頼んだ。自分の細面の顔に似合うメガネのフレーム選びを手伝ってもらいたかったのだ。だが母親は元気がなく、頭痛もひどかった。いつもひどい頭痛に苦しんでいた。お父さんと行ってきなさい、と言う。

乳がんで右側の乳房を切除して以来、母親はほとんど外出しなくなった。以前は友人たちをしげしげと訪問していた。形よく高い鼻、小麦色の肌と整った顔立ち、波打つ黒髪、優雅な姿態に自信を持っていたのだ。

今では金曜日にたまに出かけるだけ。胸にカモフラージュの詰め物をして行くが、誰に会うわけでもない。ハルバ(1)やライ麦パン、燻《くん》製のニシンなどを買いに、ボン・ヘチーロ地区のユダヤ食品店にこっそり出かけていた。あいかわらず美しく、エレガントだったが、化学療法のために髪の毛は抜け落ちている。

二人の男の子を産んだあと、女の子を妊娠したときには、母親はすでに悲しみに打ちのめされていた。サンパウロのユダヤ人たちはポーランドで恐ろしいことが起こったといううわさを確認するために調査団を現地に送ったのだが、戻ってきた調査団は想像よりはるかに悪い実態を報告したのだった。母親の家族はヴウォツワヴェク市に住むユダヤ人のほとんどと同様、殺されていた。全員だ。両親、兄弟、伯父叔母、甥《おい》や姪《めい》たちが一人残さず殺された。ナチのポー

ランド侵攻後すぐに家族からの手紙が途絶えたのはそのためで、戦争によって通信不能になったわけではなかったのだ。それより前にフランスに行っていた従兄弟のモーゼスさえ逃れられなかった。フランスにいたユダヤ人も国外に集団的に移送され、虐殺されたことを調査団は確認した。この報告書が出た直後、母親の乳がんが見つかった。

メガネ屋で父親は頑丈でそれほど高価ではないフレームを選んだ。ケチでしたわけではなく、娘のことを軽く扱ったわけでもない。「私のかわいい娘《マイン・タイアー・テフター》」と文学仲間のサークルでいつも言っていたように大のお気に入りの娘だ。ただ、繊細すぎるイタリア製のフレームを信頼していなかった。メガネは視力矯正のためだ。頑丈でなくてはならん。ちょっとした不注意で壊れるようでは困る。

末っ子かわいさの親のひいき目で、Kは娘が美人というわけではないことに気づいていなかった。中学の下校時に娘を迎えに行くと「クラスで一番きれいな金髪の女の子を見なかったかい?」とクラスメートたちにたずねたものだった。

同級生たちは愛想よくほほえみを返してくれた。娘は唇が薄く、角張った目鼻立ちだ。髪の毛はくすんだ黄色で、くせがなくなめらか。やせて長身だった。クラスで一番成績が良かったことはまちがいない。人気があったことも確かだ。情が深く仲間思いだったから。彼女の一番の魅力はその内面、魂からあふれ出るものだった。人形のような美しさとはまったくちがう。彼女らしさを一番表現していたのは、その沈んだブルーの目だった。深く躍動する内面を映し出していたからだ。

父親にとっては、メガネのフレームがどんなであろうとも娘は学校の生徒たちの中で一番美しかった。「美しい天使」という言葉もよく使っていた。それにKには時間がなかった。共同経営者に店を任せてきたし、客の出入りの多い月初めでもあったのだ。

家に戻ると母親はまだ頭が痛いと言っていた。

「まあ、なんてひどい顔になったの」

メガネをかけた娘を見て、母親は言った。

「これじゃどうしようもないわね」

娘はひとことも答えなかった。眉ひとつ動かさなかった。だが、経験を積んだ観察者であれば、顔の筋肉がほんの一瞬ひきつったのを見逃さなかっただろう。娘は何も聞かなかったような顔をしていた。

（1）ゴマやアーモンドなどの木の実をつぶしたものに蜂蜜やシロップを加えて作った糖果

六　秘密

行方不明者の家族会で、ひとりの女性がKに近づいてきて「お嬢さんの義理の妹にあたります」と自己紹介した。そのとき、Kは娘の人生の隠された部分がいかに大きいかを思い知らされた。娘は自分が知らないうちに結婚までしていたのだ。夫が、義妹が、そして舅《しゅうと》や姑《しゅうとめ》までがいた。娘の夫もまた消息を絶っていた。終わりなき衝撃の連続にまた一つの驚きが加わった。なんと、彼女の失踪《しっそう》を別の家族も悲しんでいたとは！　「娘」ではなく「嫁」の失踪を。そしてK自身もまたもう一つの失踪、つまり婿の失踪を悲しまなくていけない立場となったのだった。さらには、二人が授かるかも知れなかったのに授からなかった（この時点ではKには知る由もなかったが）孫たちの失踪をも悲しむ立場になっていた。

そこで娘が秘密にしていた世界、思いもかけなかった世界をもっと知るために、Kは田舎の鄙《ひな》びた町へ出かけて行った。そこに娘のどんな生活の場があっただろう？　どんな友だちがいたのだろう？　相手の両親にも会わなくては。日曜日には何度も夫の両親の家を訪ねているはずだから。

娘の連れ合い、つまり一度も会ったことのない自分の婿は、まだ少年のころから政治に夢中になっていたことがわかった。本棚の大量の書物のすべてが革命思想についてのものだった。娘夫婦を親身に世話していた従兄弟の一人は、ほかの親戚が知らなかったことも知っていて、二人は法を遵守《じゅんしゅ》する普通の生活を送りながら、その一方、独裁政権に反対する非合法活動に加わっていた、という。「彼はある組織の幹部クラスだったんですよ」とその従兄弟はささやいた。二人は何をきっかけに一緒になったのだろう、とKは自問した。政治活動を通じて意気投合したのか、それともまず恋に落ちて、そのあと非合法活動も共にするようになったのだろうか？

Kを真に苦しめたのは、夫が革命家でなかったら娘の失踪事件は起きなかったかどうか、という点だった。道義的なジレンマだった。娘をつまらない死に引きずり込んだと、婿を憎むべきなのか、それとも娘の人生をより豊かな充実したものにしてくれた、と彼を誉めるべきだろうか？

それに婿がどこまで娘を非合法な闘争に巻き込んだのか、あるいは逆に巻き込まないようにしたか、それもわからない。いかに危険かを説明し、距離を置くように警告したのに、娘のほうがそれを拒否したのかもしれない。これらの問いは永久に答えが見つかることはないだろう。たとえ何十年経っても、どのように拉致され殺されたか、正確には明らかにされることはないだろう。そのときKはこれは無駄な問いだと結論づけた。一緒に生活していたのなら、婿が娘を完全に危険にさらさずにおくことは不可能だったはずだから。

娘はいつの時点から運動に加わったのだろう？　どんなふうに？　夫婦が一緒に生活しているうちに自然の成り行きで？　それともとことん話し合った結果そうなったのだろうか？　たしかに自分たち一家は代々政治闘争に関わってきた。だが、娘もまた同じ道を歩んでいたという事実にKは驚いていた。映画は好きだが政治には関心がなく、詩が大好きな感受性の豊かな子だといつも思っていたからだ。だが、このような悲劇的な形で、娘の政治活動を知ってしまうと、秘密にしていた理由も納得できるのだった。秘密を守ることこそ安全ルールの基本なのだから。K自身もポーランドで非合法闘争をしていたとき、このルールを守っていた。自分と夫の安全のためだけではない。むしろ父と兄弟たちの安全のためにこそ娘は秘密を守り通したのだ。

ただ、理解できなかったのは、なぜ結婚まで秘密にしたか、という点だった。すべてを秘密にするのが習慣になってしまったから？　いやそれは理屈が合わない。大体からして一緒に暮らせばよいことで、わざわざ結婚する必要はないのだから。なぜ正規の結婚を選んだのか？　なぜ結婚したのに、その結婚を隠していたのか？

二人とも、合法的な生活を営んでいた。安定した職につき、本物の身分証明書を持ち、銀行に預金口座も積立口座も持っていた。と同時に非合法な活動に関わり、偽名を持ち、隠れ家に住み、非合法闘争の書類を隠し持っていた。

理由は不明だが、正式に結婚する道を二人は選んだ。それならなぜそれを彼らの人生の秘密の部分に隠しておいたのか？　なぜ合法的な表側に持ち出そうとしなかったのか？　Kにはそれが理解できなかった。親に隠れて結婚した。まるでそれが犯罪か、猥雑《わいざつ》なことか、あるいは謀略であるかのように。もしかしたらうちのかわいい娘はユダヤ系でない青年と結婚することで父親を落胆させたくなかったのだろうか？

だがKはリベラルな人間だ。ユダヤ教に反逆する世代、開かれた世代に属している。芯からのユダヤ人であるがユダヤ人以外の人々への差別意識を表に出したことは一度もない。大体次男は日系人と結婚しているではないか。長男は妻を亡くしたのちポルトガル人と結婚している。甥《おい》たちだってその多くがユダヤ系ではない相手と結婚している。そのだれとも同じように自分は愛情を持って接してきた。

そうだとしても、娘はユダヤ系でない人との結婚を打ち明ける勇気がなかったのかもしれない。確かに親戚中見渡してもユダヤ系と結婚しない女性は一人もいないのだから。一方婿の側はと言えば、盛大に祝ったかどうかはわからないが、二人の結婚はおおっぴらにされていた。大事な嫁として受け入れられた娘はたびたび田舎まで一家を訪ねていた。そのことを知ったKは頭を殴られたような衝撃を感じた。

娘は相手の家族は信頼していたのに自分の家族は信頼していなかった。あちら側では結婚は秘密でもなんでもなかった。これにはもっと深い意味があるのだろうか？　娘は向うの家族に

なってしまったことを示そうとしたのだろうか？この考えにKの心は痛む。もしかしたら今の妻、娘が嫌うドイツ系の二度目の妻との結婚への返答なのではないか？　あるいは自分がイディッシュ語に心身ともにのめりこんでいることへの反発だろうか？　この言葉は娘も二人の息子たちも話せない。子どもたちに伝える配慮をしなかったのは自分の落ち度である。

こうしていろいろ考えるとKの自責の念はますます強くなっていった。だが、このどれをとっても隠れて結婚していた理由づけにはなるまいとKは考え直した。結婚を隠すというのはひとつのパラドックス、矛盾である。なぜなら新しい家族の形成、二人の法的立場の変化を公表するところにまさに結婚の意義があるのだから。それだからこそ結婚は華々しく告げ知らされる。公表しないのなら結婚の必要はない。ただ一緒に暮らせばよいのだから。不思議だ……。

もしかしたらKが見つけ出した二人の結婚前に交わした契約書が理由を説明しているかもしれない。契約書には結婚後も二人の財産は共有にはならないと書かれていた。革命家の夫婦がこんな物質主義的な心配をしたとは奇妙な話だ。そのうえ結婚時にすでに別れることを予見している。予見がなければ契約書そのものも不要なはずだから。

別れを強制される事態を予想していたということだろうか？　当局にどちらか一人が捕まるとか……。それはありうる。それなら納得がいく。大した財産は持っていないとしても。わずかの貯金とフォルクスワーゲンのカブトムシ。それがすべてだ。それと、もちろん書籍。大量の書籍だ。

さんざん考えた末、Kは一応納得がいく結論に達した。危険な状況の中で正式に結婚したのは、それが二人の危険を小さくするために役立つからではないか、と。正規の婚姻証明書があれば疑いをもたれずに家を借りる契約書を交わせるし、ホテルに泊まるにも、緊急の場合にどこか宿泊所に逃げたとしても疑われる心配はない。必要となればパスポートを作って一緒に国外に出ることもできる。夫婦として疑いを持たれずに逃げることができるだろう。

逃げようと思えば逃げられたかも知れない、と想像してみる。だが実際には二人は逃げなかった。そのことになによりも心が痛んだ……。

七　女友だちへの手紙

昨日、ブニュエルの「皆殺しの天使」(1)をもう一回見ました。ビジョウ座(2)に一緒に通ったころは本当に良い時代だったわね。あのころ一緒に見た映画よ。覚えているでしょう？　それで手紙を書くことにしたの。私、長いこと映画館に行ってなかった……。この隠れ家からほとんど外に出ていないの。あんなに映画が好きだった私が、まるで世捨て人みたいになってしまったのよ。大学の仕事が終わるとまっすぐ家に帰ってきてしまう。友だちと会ったりするのは避けてきたわ。生物学部の建物にある食堂にお昼を食べに行くときぐらいね、友だちと一緒なのは。連休なんかはサンパウロを出て、知っている人がだれもいない遠くに行くの。この間はポッソス・デ・カルダス(3)へ三日間行ってきた。そのとき、あなたとパラチ(4)へ行ったことを懐かしく思い出したわ。

ときどき考えるのよね。どうしてこんなことになったのかしらって。気にしすぎかもしれないけれど、危険が私たちに忍び寄っているような気がするの。キャンパスでは毎日だれかが捕まっているでしょう？　なんのことか、わかるわよね？　すごく重苦しい雰囲気になっているの。どうやったらこの状態から抜け出せるかしら？　わからないわ。

　以前は私たちがやっていることに意味があったけれど、今はもうないことはわかっている。ここでブニュエルの映画が関係してくるの。あの映画に出てくる人たちは、あの家から脱出できるのに脱出することができない。特別な理由も、納得のいく説明もあるわけではないのに。想像上の牢獄《ろうごく》に閉じ込められたまま、どんどん頽廃《たいはい》していく。この映画が私にとってこんなに意味を持つことになるなんて考えてみたこともなかったわ。ブニュエルはどんな状況からこの映画を作るインスピレーションを得たのかしら？　フランコの独裁政権？　カトリック教会？　それともなにかもっと個人的な事情かしら？　いずれにしても、出口のない方向に人を向かわせたり、方向を変えることを不可能にしたりするのはなぜなのかについて、この映画は優秀な考察を提示していると思うわ。まさに私はこういう状況を生きているのですもの。

　あなたがここにいて、こういう話ができたらどんなにいいでしょう。化学学部では自分の居場所がないみたいなの。同僚たちと楽しく過ごすことができない。セリーナとヴェーラを除いてはね。男の人たちはもう、見るのもいや。まったく（あなたがいつも言う言葉を借りれば）腑《ふ》抜けなんだから。普段通りで、なにも変わったことは起こっていない、という振りをしている。

　今の私を喜びで満たすものと言ったら、彼への情熱（これについては前に話したわね）を別とすれば、彼からもらったワンちゃんだけ。とってもかわいいのよ。私たち、まるで娘のように世話しているの。毎週シャンプーをして、毎日午後には公園でお散歩。名前はバレイア。もちろんグラシリアーノ(5)の小説からとった名前よ。でもうちの子は雑種ではないの。ちゃんと血統書つきよ。バレイアとの散歩も本当は心配ではあるの。でも散歩なしではかわいそうでしょう？　あなたもきっとバレイアのこと好きになるわ。白くって毛がふさふさしているの。

　ところであなたはお兄さまとは連絡があるの？　うちの上の兄はもう一年も私と話をしないのよ。まったくどうなっているのかと思うわ。イスラエルのキブツに行って戻ってきた人たちというのは、どうも難しいわね。下の兄はジャーナリストになってとても張り切っている。ジャーナリストなら身の安全が守られると思っているみたいで……。一、二か月後にはイギリスに行くことになって本当に良かった。一刻も早く出国してくれるといいと思うわ。これから状況はものすごく悪くなる予感がするから。

　父とはまだ毎週末に会っているの。隔週ということもあるけれどね。父は再婚してから一層私の機嫌をとって優しくしてくれる。私にすがりついているのはその必要があるからなのよ。自分が作り上げた家庭、でももう崩壊してしまった家庭に残った末娘なんですもの。父は作家仲間との繋《つな》がりもますます深めている。たぶん同じ理由だと思うわ。家庭が崩壊し、残ったのはイディッシュ語だけなんだから。イディッシュ語の中に逃避しているのね。毎週集会をしているのよ、信じられる？　ホーザ・パラトニックという女性をまるで女王のように遇しているわ。リオからわざわざ来るの。時々だけどクララ・スタインベルグとかいう人もリオから来る。作家として優秀なのかどうか私は知らないけれど、あなたは彼女たちのこと聞いたことがあるかもしれないわね。だから、たとえば私が途中で顔を出して集会を中断させたりしたら、それはとんでもないことなのよ。

リオの様子はどうかわからないけれど、私が今こちらで衝撃を受けているのは、あの人たちが現実からすっかり遊離してしまっているということ。化学学部の腑《ふ》抜けたちのことではないわよ。私が敬意を払っている人たちのこと。まるで政治が全てだと思っているみたいにそれ以外のことには関心がない。運命論者で冷たく、まるで人間性が欠如しているようにみえる。なかには独善的すぎると思う人たちもいるわ。現実とかけ離れた目的を掲げ、孤立している。そう、この点では化学学部の連中とも共通するものがあるわね。

なにかひどく間違ったことが起こっているのに、私にはそれがなにか見きわめられない。同じように夢を持って危険を顧みず活動するにしても、実現の見通しがあるのとないのとでは全然違うでしょう？　今はまったく見通しはないの。解決策もなければ理由づけもない。ブニュエルの映画とそっくりなのよ。耐えがたいような緊張感と見通しのなさ。どこまでが真実でどこからが嘘《うそ》なのか、もうわからなくなってしまったわ。それに悪いことに誰とも話ができない。

できるのは彼とだけなのに、その彼が一番堅物なのだからどうしようもないわよね。そういえば兄も父も私たちが結婚したことを知らないの。父は私の生活をなにも知らないのよ。まあ、あの人なりの事情があるわけだけど。

あなたにとても会いたいわ。でもサンパウロにもし来ることがあっても、直接私に会いにこないでね。だれか共通の友だちに電話して。そうしたら会う方法を考えるから。この手紙に郵便で返事を送ったりしてはダメ。父の住所に送ったりもしないでよ。

たとえ私の身に何が起こっても、あなたは私の大事な友だちだってこと、忘れないでね。

Aより

(1)ルイス・ブニュエル脚本、監督のメキシコ映画。一九六二年。原題はEl Angel Exterminador。登場人物たちが「何かを成したくても、なぜか出来ない」という筋は「シュールレアリズム」作品と言われている。

(2)一九七〇年代に盛況を見たサンパウロ市の映画館

(3)ミナス・ジェライス州南部のサンパウロ州との州境近くにある温泉保養地、観光地

(4)リオデジャネイロ州にある美しい古都。リオとサンパウロのほぼ中間点に位置する。海岸沿いにコロニアル風の家が立ち並ぶ観光地。

(5)Graciliano Ramos(一八九二―一九五三)作家。代表作『Vidas Secas(乾いた生)』に登場する犬の名前がバレイア。「鯨」の意

八　本と革命

I

若者は本の万引きをくり返していた。バッグには隠しポケットのような部分があって、そこに簡単に本を隠せるようになっている。哲学書、政治経済の手引書、歴史概論、伝記、社会派小説など手当たり次第手にしたが、なんと言ってもお目当てはマルクス主義の古典的な本だった。マルクスとエンゲルスの全著作、それにカイオ・プラード、レオンシオ・バスバウン、セルソ・フルタード、ジョズエ・デ・カストロ、イグナシオ・ハンジェルら(1)の主要な著作を一冊一冊、こつこつと集めていった。また、植民地主義を糾弾する本やアジア・アフリカの解放を求める民衆の闘争を称える本など、一昔前の本も万引きした。

サンパウロ中の書店と古書店を若者は知りつくしていた。通りに直接面していないビルの中の店など、目立たない場所の書店も例外ではない。定期的に書店や古書店を訪問し、二回か三回に一度は疑われないように本を一冊買った。店主たちは若者のことを「不思議と安い本しか買わないが、得意客にはちがいない。きっと金がないのだろう」と思っていた。
実際、金持ちではなかった。だがひどく貧乏ということではない。昼間はコンピューターのプログラマーとして働き、夜、大学に通っていた。プログラマーの仕事は簡単に習熟した。当時まだ珍しく、いい金になった。知能指数が高く教養がある。万引きした本の大半は読破していた。

本を買う金はあったが、主義として万引きすることにしていた。自分の秘密を漏らした数少ない仲間には「社会主義革命の大義のために収用しているのさ」と説明していた。いわば書物の中で説かれている革命をすでに実行しているというわけだ。つまり一つ一つの万引きは「思想」を利益の対象にしていることへの妨害活動だということになる。私的財産を否定したバクーニン(2)、権力を奪回しようと武器を集めている革命家というところか。万引き常習犯であることを教育的かつ刺激的だと思っていた。

また、共産党や社会党、トロツキスト運動の二つの流れであるランベルティアンと第四インターナショナルなどの半ば非合法的な書店も若者は皆知っていた。だが、こういった書店では万引きはしない。彼は革命家であって泥棒ではなかったから。

彼の面立ちを特徴づけているのはぐっと突き出ている顎骨で、強固な意志と一徹さを印象づけている。まだ若く、学生の身ではあるが、すでに戦地に赴いた帰還兵を思わせる。小話や冗談を言うわけではないが、まるで自分の優位を自覚している人間のように皮肉な笑いを浮かべることがしばしばあった。革命家としての宿命を感じていたために普通の人間を超越した存在だった。多くの学友が反体制側、社会主義者と宣言しながらも行動に移さなかったのとは違い、若者は革命の準備のためにすべてのエネルギーを投じていた。革命への情熱と匹敵するものは書物への愛着のみだった。

Ⅱ

市民たちの権利を剥奪して軍人たちが通りに取締りに出てきた日、左翼活動家たちの心は不安と恐怖に満たされたが、かの若者は決意を秘め、信用できる社会主義思想家で車を持っている人物を特別の使命遂行のために呼び出した。

若者は左翼政党の事務所や書店を慎重に冷静にひとつずつ回っていく。大あわてで人々が逃げ出し、もぬけの殻になっていることがわかっていたからだった。まずここ、次にあそこ、と一か所も忘れることはなかった。

すべての書籍、パンフレット、機関紙など、そこに放置されたものは一切合財集めて回った。まるで敵の手に渡らないように武器庫を安全な場所に移そうとしているかのように。社会党の事務所からは党員名簿まで持ち帰った。

Ⅲ

その後、軍部に捕縛され行方不明となった若者は、唯一の財産として二千冊以上の革命的な蔵書を遺した。その大半は「収用」されたものである。不思議なことにすべての本の見返しには収用した日づけと自分の名前がフルネームで書かれていた。走り書きではあるがしっかりと手書きされていた。

自分の所有物であることを明確にしたかったのだろうか？　そんなはずはない。なんの意味もなさない。もしかしたら若者はずっと前から知っていたのではないだろうか？　書籍だけが革命家としての自分の唯一の足跡となることを。今日まで作られることのなかった彼の墓の、ささやかな墓碑となることを……。

（1）ブラジルの主要な学者、思想家たち。Caio Prado, Leôncio Basbaum, Celso Furtado, Josué de Castro, Ignácio Rangel

（2）Mikhail Alexandrovich Bakunin（一八一四―一八七六）ロシアの思想家で哲学者、無政府主義者、革命家。

九　ヤコブ

I

コーヒーショップの一番奥の壁を背に座ったKは、客の一人ひとりをじっくり観察しながら店内の光景を眺めていた。「まるでアメリカ映画の中にいるみたいだな」と思ったとたん「映画なんかじゃない、これは現実だ」と我に返る。

フェルトの帽子を後頭部に被ってイディッシュ語の新聞を読んでいる人物はユダヤ人以外の何者でもない。ブリーフケースを持ってせわしげに入ってきた男は弁護士だろう。タクシー運転手の帽子をかぶったままの男はいかにもイタリア人の顔立ちだ。このコーヒーショップはヨーロッパ移民の国、アメリカの縮図だった。

自分は今、娘の失踪の真相を明らかにするために、そのためだけにニューヨークにいる。それなのにアメリカ映画のことを考えたなんて、と気が咎《とが》めた。だが考えてみれば、彼はたまたまブラジルに移住したが、ここアメリカへの移民の一人だったかもしれないのだ。南アメリカではなく、もし従兄弟のシモンのように北アメリカに移住していたならば今回の悲劇は起こらなかっただろう。

二十年前にもニューヨークを訪れている。『未来』というイディッシュ語の雑誌に発表した「強靭《きょうじん》なる人」という詩に対して賞を受けるためだった。当時と比べて表面的にはあまり変化は見られない。だがこの間、ニューヨークで出版されていたイディッシュ語の新聞五紙のうち三紙が廃刊になっている。ひとつの言語がこんなに突然消えてなくなるなんて、どうしてこんなことがおこるのだろう？「ドイツ人は読む人々を殺し、スターリンは書く人々を殺した」――講演のたびにくり返し話していたこの言葉をKは心のうちでくり返した。

イディッシュ語と文学のことでずっと頭が一杯だった。もっと娘や息子たちに注意を向けていれば……。水っぽいコーヒーを前に、Kはそこでアメリカユダヤ人協会の事務所が開くのを待っている。面会の約束は九時だった。

Ⅱ

協会の建物はモルガン銀行やロックフェラーセンターにひけをとらない立派なものだった。これが鉄鋼と石油で富を蓄えた国、アメリカ合衆国だ。入口にユダヤ人少女たちを記念するブロンズのプレートがある。感銘を受けたKはその前で足を止めた。少女たちは貧しい家庭の出身で結婚を約束されてヨーロッパからアメリカに渡ってきたが、実際には売春を強要された。「ユダヤ系ポーランド人の少女たちだ」とKは思う。そして考えた。サンパウロのボン・ヘチーロ地区に住むユダヤ人たちは、こういうプレートを作るという心づかいはしなかったな、と。

イリネウ・ブローンスタインと名乗る高齢の男性がKを迎え入れた。たぶん同じくらいの年令だろう。二人はイディッシュ語で話をした。ブローンスタインは「お書きになった短編や詩をニューヨークの新聞で拝見しているので、お名前は存じています」という。Kは娘と婿の失踪について話した。すべての情報を書き込んだ一枚の紙を持って来ている。数枚の写真も見せた。

「もうどこに助けを求めたらよいか、わからないのです」

と嘆願するような口調で訴える。

「ロンドンでアムネスティ・インターナショナルの事務所を訪ねてきました。その前にジュネーブの国際赤十字社にも行ったんです」

それから相手の気を悪くしないように気をつけながら、こう尋ねた。

「アムネスティ・インターナショナルは公然とブラジルの軍事独裁体制を批判しています。なぜアメリカユダヤ人協会はそれをしないのでしょうか？」

「アムネスティ・インターナショナルはどんなことをしたのですか？」

とブローンスタインが尋ねる。

「国際的なキャンペーンをやりました。ブラジル政府へ抗議の手紙を送るよう会員に呼びかけたのです。娘は〈今月の囚人〉にも選ばれました」

独裁政権の話をしたところでKは「米州機構」の人権委員会に行ったときのことを苦々しく思い出した。自分の要請を皮肉たっぷりに拒否したのだ。「ブラジル政府の言うところでは娘さんのことはなにも記録がないそうです」と言う。当たり前だ。これではまるで悪者のところに行って、「あなたは悪者ですか?」と訊《き》いているようなものだ。

国際赤十字社はKをあたたかく迎えてくれた。情報を書きとめ、捜索を始めることを約束した。だが同社のブラジル支部はあまりあてにできないと思っているような空気をKは感じた。

アムネスティ・インターナショナルはアメリカユダヤ人協会に助けを求めるようにとKに助言した。こういう事件についてはは経験があり、アメリカ上層部に多大な影響力があるから、と。国際赤十字社もユダヤ人協会のことを推奨していた。

そこまで聞くと、ブローンスタインはKにユダヤ人協会の人権問題に関する行動原理について説明を始めた。協会はロシアで起こったコサック兵によるユダヤ人居住区襲撃事件を受けて一九〇六年に創設された。まず大枠として非寛容と差別思想があり、その一部として反ユダヤ思想が位置するのだから、その反ユダヤ思想に打ち勝つ最良の方法として当会は多文化共存主義の浸透と差別思想の根絶に努めてきた、という。

お嬢さんのような個々の事例について言えば、協会は長年の経験から表だって騒がず内密に事を運ぶのが最善と考えています。そのほうが効果を期待できます。実はアムネスティ・インターナショナルの戦略も二種類あるのですよ。私たちとやり方は違いますが、華々しい活動と地道なやり方の二つが。この方法で多数の人々が救出されています。しかるべき権力者たちにアプローチするという点では、私たちはあなたには想像もつかないような力を持っていましてね、とブローンスタインは言う。

宿泊先をきかれたKは「従兄弟のシモンの家です。ブルックリンの」と言いながら、娘の情報を書いた紙に住所を書きつける。明日遅くとも正午までには連絡するから、お従兄弟さんの家で待っていてください、とブローンスタインは言う。協会とコンタクトをとったことはあくまで内密に、慎重さが何よりです、と念を押した。

翌日、正午よりもかなり前に使いの者がシモンの家に来てKに封筒を手渡した。中には「サンパウロで近々ヤコブという人があなたをお訪ねします。アルゼンチン訛《なま》りの人で、あなたの詩の新しい本について相談したい、といってくるはずです。なお、このメッセージは記憶し、この手紙は焼却してください」と書かれていた。

これは驚きだ、とKは思った。これほど力があり人道的で敬意を払われている団体がまるで悪人のように隠密行動をとらなくてはいけないとは！　まるで彼ら自身が行方不明者にされるのを恐れているみたいではないか。人を拉致する極悪人らがそこらじゅうにいるみたいだ。このアメリカ、自由の地アメリカでさえこうなのだ。

その晩のうちにKはサンパウロに向かう飛行機に乗った。

Ⅲ

二週間と数日が経ったところで、Kはヤコブと名乗る人物から電話をもらった。新しい詩の本についてご相談したいという。アルゼンチン訛《なま》りでイディッシュ語とポルトガル語を交えて話した。ヘブライ・クラブの図書館で待ち合わせることにする。原詩をすべてと、もしあれば断片的な詩もすべて持って来てほしいとヤコブは言う。

Kは再びすべての書類を揃《そろ》え、写真も数枚持った。クラブの図書館で不審に思われてもいけないので、イディッシュ語で書いた詩も念のため持つ。ヤコブは図書館の喫茶室で待っていて、まるで本物の編集者が偉大な詩人の詩を出版しようとしているかのように、大袈裟《おおげさ》な挨拶をしてKを迎えた。

ヤコブはふさふさした金髪の若い男性だった。たぶん三十代だろう。明るさを装っているが、目は笑っていない。仕事で来た編集者というよりはテニスのトーナメントにやってきたアスリートの雰囲気だ。

喫茶室のカウンターの前で立ったまま挨拶を交わしたのち、図書室の奥まった一角に席を取った。普通に話を始めたが、大きな声を上げないようには気をつけた。イディッシュ語で話したり、ポルトガル語で話したりする。

三時間にわたってKはヤコブの知りたいことすべてに答えることになった。娘や娘の夫はどんな活動をしていたか？　だれとすでに話をしているか？　すべてを知りたがった。特に日時と場所を詳しく聞き出した。とりわけ日にちが大事だという。行方不明になった日にちが出発点となって、誰に尋ねるのがよいかが決まり、何が起こったかを知ることができるのだそうだ。またKがどのような人々に尋ねて回ったかにもこだわった。政府当局者、弁護士、カトリック教会サンパウロ司教区の誰、というように。人々を拉致し、なんの跡も残さない特別なメカニズムを我々は相手にしているのだ、と説明する。

たとえばアルゼンチンでは沿岸からはるかかなたの沖合で飛行機から遺体を落としている。このように遺体を始末すること自体は難しくないとしても、必ずそれを見届ける目撃者が存在する。飛行機のパイロットや遺体を投げ込む部下などだ。と、ここまで話してヤコブはKの落胆ぶりに気づき、声の調子を変えた。自分たちの仲間は秘密の場所に拘禁されて行方不明者とみなされていたユダヤ人やユダヤ人以外の人々、百人近くの居場所をつきとめることができた。彼らのために通行証とイスラエル入国のためのビザを取得し、イスラエルに送った。そのまま留まった人たちもいれば、そこからさらにヨーロッパやアメリカまで行った人たちもいる。お嬢さんやお婿さんだってそうできる可能性はあるだろう。

「気を落とさないでください。まだ希望はあります」とヤコブはKを励ます。アルゼンチンには何千人という行方不明者がいる。いや一万人以上かもしれない。いまだに人々は拉致され消されている。だが一方、死んだと見なされていた人が奇跡的に見つかることもある。自分は行方不明者の扱いについては経験の蓄積があるから、それを駆使してお嬢さんの捜索にあたります、と約束した。作家で詩人の高齢のユダヤ人が娘の身に起こった悲劇に打ちのめされた話は、多くの人々の心を動かしていますから、と言う。別れ際、ヤコブは「希望を失わないでください。きっとご連絡しますから」と言った。

Ⅳ

ヤコブからなんの知らせもないまま二か月が過ぎた。十月末、カルロスという人から電話がかかり、次の詩集のことでお話があるという。これは約束の合い言葉だった。ヤコブと同様、強いアルゼンチン訛《なま》りがある。本についてお話する必要があるのです、とカルロスは言う。

ヘブライ・クラブの前回と同じ奥まった席で二人は会った。カルロスは先に来て待っていた。Kはタクシーで出かけたが、自分の店の隣のパン屋の前のタクシー乗り場ではなく、大通りで流しのタクシーを捕まえた。また用心のためクラブの前ではなく、少し手前のマンションの前でタクシーを降りた。

すべての手を尽くしましたがお嬢さんについての信頼のおける情報は何も得られませんでした、とカルロスは言った。まるでお嬢さん夫婦の周りにどうにも突き破れない城壁が築かれたみたいなのです。お嬢さんが捕まったと認めた人物が二人だけいたのですが、その直後、二度

目のときは、あれはまちがいだったと主張するのです。お婿さんについてはそういう話さえありません。

カルロスはKになにか変ったことは、新しい情報はないか、と尋ねた。Kは何も、何ひとつない、と答える。落胆のあまりカルロスの言葉もろくに耳に入らない。どっと疲労感を覚え、以前にも感じたことのある、体にぽっかりと穴が開いたような感覚に襲われた。イスから立ち上がることもできないほど打ちのめされた感じだ。

ヤコブのことを思い出した。エネルギッシュで前向きな姿勢がKに一筋の希望を与えてくれた人だ。

「それでヤコブさんはどうしていますか?」

カルロスは答えた。

「ヤコブは二か月前に行方不明になりました。それで彼の代わりに私が来たのです。我々はとても心配しています。ヤコブは何一つ痕《こん》跡《せき》を残すことなく消えてしまったのです」

十　ポメラニアン

この雌犬め、どうしてくれよう？　あの夫婦は見事に始末できたさ。まさにボスの気に入るようなやり方でな。痕跡を残さず、見ていた人もいない。見事なやりっぷりだったぜ。奴らの家に入ることもしなかった。なにしろ隣とくっついた家だから、家まで行ったら隣の住人に怪しまれるところだった。二人をうまい具合に待ち伏せにした。ラッキーだったな。公園の脇の出口を出た道は人目にはつきにくいところで、二人が気がついたときには、もう頭に袋を被せられ車に押し込まれていた。犬はきゃんきゃん泣きやがったが、もう後の祭りだ。

この犬の奴がうるさくてかなわん。だいたい犬のことは全然考えていなかったんだ。ボスのリマは二人のことを徹底的に調べ上げていた。犬の名前までだ。「クジラ《バレイア》」だとさ。チビで毛がふさふさの犬っころに「クジラ《バレイア》」なんてまったくおかしな話さね。一体なんでそんな名前を考えついたんだろう？　リマに「本当にその名前なんですかい？」とたずねたさ。奴は確かにそうだ、とうけ合った。おまけに「調査書に書いてあるだろうが」とのたまわったのさ。まったくふざけるんじゃないよ。

だが、名前で呼んでも、全然だめ。犬の奴、全然反応を示さない。ここに来てから何ひとつ食わない。たまに水をちょっと舐めるだけだ。もう六日も経つんだぜ。食い物は食べないし、かといってくたばりもしない。耳を垂れて死んだふりしてぐたっとしてやがる。それでいて俺らが近づくと、この雌犬のやつ、まるで咎《とが》めるように、何もかも知ってますよって顔でウーって唸るんだ。体を動かすのはドアが開くときだけだ。よっぽど耳がいいとみえて、ドアが実際に開くよりずっと前にわかるらしい。耳をぴんと立てて跳び上がるのさ。飼い主が来たって思うんだな。違ったとわかると倒れこんじまう。いつもそうだ。興奮して跳び上がったかと思うとへたり込む。まったくばかなやつだ。飼い主たちはもう絶対戻ってくるはずがないのに……。犬どもはすごく賢いくせに同時にまるっきりばかだってのはどうしてだろう？

調査書に「夫婦は散歩のとき犬を連れて行く」と書いてあるべきだったんだ。そんなこと俺らにわかるはずがないじゃないか？　リマが書き忘れたんだ。それに違いない。だが、リマは「何も忘れちゃいない。一たす一はいくつか決まってるだろう。夫婦が犬を飼っていると書いて、毎日午後散歩すると書いてあれば、その散歩というのは犬の散歩に決まっている。外にも出たいだろうし糞《クソ》もしなくちゃならん。ばかなのはお前らのほうだ」とぬかした。本当にふざけた野郎だ。それに犬が純粋のポメラニアンだとも知らせておいてくれなかった。金持ちの奥方向きの犬じゃないか。テロリストの二人がなぜこんな犬を飼っているのか、俺にはさっぱりわからない。テロリストなんかじゃ全然なかったんだ、きっと。まるっきりミスマッチだろうが。でなかったらカモフラージュするためにわざわざこういう犬にしたのかもしれない。それともこの鋭い耳で危険を知らせる護衛犬だったのか？　だが今回はやりそこなった。吠《ほ》えるタイミングが遅すぎたんだ。それで責任を感じているんだろうか？　それは知りようがないな。とにかくこの雌犬は殺すしかない。ほかに方法がないんだから。最悪なのは夜だ。こん畜生鳴きやまないんだ。俺らを眠らせないように、わざと一晩中きゃんきゃん吠えているみたいだ。

ボスに「犬の奴が残っている、危険だ」と言っても耳を貸そうとしない。まったく理解できないぜ。拉致したのが俺らだとわかったら大変と、いつでも「手掛かりは残さなかったな？」「だれにも見られなかっただろうな？」ってしつこいくせに。俺は言ってるんだ「犬がいるんですぜ。私らの正体が割れますよ。飼い主の友だちがあの犬だってわかるかもしれない。そうしたらすべておしまいです」って。それなのにボスは聞こえないふりをしている。ここに来てから全然食べてないと言ったら、ボスは俺のせいにしやがった。「まずい餌をやったんだろう。ドッグフードを買ってこい」だとさ。一キロ当たりが牛フィレ肉より高いドッグフードを買わされたんだ！　昨日なんか最悪だった。雌犬を処分しようと言ったらものすごい剣幕で怒鳴られた。人でなしだの卑怯《ひきょう》者だのって。犬に手をかける者は卑怯者なんだそうだ。「じゃあ父親も母親もいるかわいそうな学生たちをむげに殺すのは一体何者なんですか？」って言ってやりたかったよ。「捕まえた上に八つ裂きにして、ばらばらの遺体を何一つ残らないように消してしまうなんて、これは一体なんです？」ってね。喉まで出かかったが飲み込んだみたいだ。

まあ、口に出さなくて良かったさ。頭がどうかしてたんだな。このくそったれの雌犬のせいで俺らは気の休まるときがない。ボスは新しい囚人（奴は「新しい肉」と呼んでいる）が着いたときにしか姿を見せない。聞きたいことを聞き出し、あとは処分しろと命じて帰ってしまう。だが俺たちはここにずっといる。この雌犬に悩まされ続けるのは俺たちだ。さあ、もう決めたぞ。あと二日間だけ待とう。それで自然に死ななかったら、飲み水に毒を盛ろう。あの元国会議員に盛ったのと同じ毒を。

十一　地球が止まった日

　Kはラジオにかじりつき、他の人々はテレビの前で放送を待っている。日刊紙「エスタード・デ・サンパウロ」のオフィス前にある電光掲示板の下には一団の人々が集まっている。母親や、姉妹たち、希望を孕《はら》んだ女性たちだ。まるで望遠鏡を手にした天文愛好家が世紀に一度の日食を感極まって待ち構えているかのように、彼女たちはそのときを待っている。望遠鏡を手にしてではなく、心に希望を抱いて待っている。正午きっかりにアルマンド・ファルコン法務大臣が行方不明者の居所を明らかにする、と大統領が発表したのだ。

　発表の時間が迫ってくると、それはまるで突然太陽が空で停止したみたいだった。空気は空中で固まり、世界が停止したようだった。タブーが破られたのだ。政府が行方不明者のことについて発表するとは！　それで希望が再び浮上したのだ。サンパウロの枢機卿《すうききょう》が行方不明者二十二名のリストを発表してからすでに六か月が経っていた。新聞数社は軍部の逆鱗《げきりん》にふれていつ検閲にひっかかるか知れない危険を冒しながらも、そのリストを目立たないように何回か掲載していた。

というわけで正午に放送が始まった。姓名がアルファベット順に少しずつ発表されていく。Kの希望は消えた。娘の名前はアルファベット順ならごく始めのはずなのに、読み上げられなかったからだ。耳をそばだてて聞いていた他の人々も困惑に包まれた。この人は国外に亡命している。もう一人は一度も捕まったことがない。次の人も亡命中だ。この人は刑期を終えてすでに釈放されている……。

突然、経済学の高名な教授の名前が発表された。この教授は一度も行方不明になったことなどない。大学からは追放されたが、同じ家に住み続けているし、今まで通り外出もしている。この教授が行方不明だという発表はいかにも悪意に満ちている。その後、同じようなケースがまたあった。二十二の説明の代わりは二十七のウソだった。そして最後にKの娘についての発表もあった。彼女と夫とあと二名については政府機関には全く記録がない、という。

軍部は大統領の約束を悪質な心理戦の法則に従って遂行した。このタイプの戦争ではウソをついて敵を欺くことは、正当な方法なのだ。従来の戦争で煙幕を張るのと同様の役割を果たす。軍部の勝利がすでに決まった戦争で、犠牲者に何が起こったかの人道的な説明を期待したほうがまちがいだったのだ。偽のリストの発表は心理的な拷問の新しい戦術としてきわめて有効であることを明らかにした。「なにも発表してくれないほうが良かった」とKはつくづく思う。

法務大臣の特別な声明の発表は終了し、数秒後、太陽はふたたび軌道を進み始めた。すべてが動きを取り戻し、人々も動き始めた。だが、Kは動かない。ひどい疲れを感じていた。

十二　心理戦

今までにやった以上のことを彼らはあなたにするだろうか？
モーゼス・イブン・エズラ(1)

I

おい、ミネイロ(2)、牢屋《ろう》からフォガッサを連れてこい。あの悪党にちょっとした仕事をさせて、それから釈放してやる。看守に奴は釈放だと伝えておけ。フォガッサに荷物をまとめて支度をさせるんだ。奴ら、俺が政界の大物たちを怖がっていると思ってやがる。大物なんざ怖くもなんともない。今になっていい子ぶっている悪党のゴルベリー(3)だろうが、ブラジルの大統領だろうが、ローマ法王だろうが、あのアメリカの上院議員の野郎だろうが、どんな大物だろうが、皆、糞《くそ》くらえだ。俺は完全に任されたんだ。共産主義者を一人残らず叩《たた》き潰せ、と。そうだろう？　だから俺は皆殺しにしたんじゃないか。それを今更文句を言うなってんだ。だが、あのおいぼれがアメリカの上院議員に訴えた。上院議員はブラジルのお偉いさんに手紙を書いて圧力をかけた。これからもっとうるさく言ってくるぞ。

Ⅱ

フォガッサか。そこに座れ。そこに座れって言ってんだ。いいか、よく聞け。またなんでそんなに震えているんだ？　震えるのはやめろ！　お前にちょっとした仕事をしてもらう。ちゃんとできたら釈放だ。わかったか？　そこの電話で俺が言う番号にかけるんだ。あのおいぼれ野郎が電話に出るはずだ。そこでお前は自分の名前を言う。本当の名前を言ってかまわん。今、公安警察から釈放されたところで、中で娘さんを見かけた、と言え。おいぼれは大騒ぎするだろう。跳び上がって「娘はどうしている？」とか、山のような質問を浴びせるだろう。だが、お前は何も言っちゃいけない。娘を見た、彼女がこの電話番号を知らせたとだけ言うんだ。奴はお前に会いたがるだろう。どこにいるかと訊《き》くだろう。そこでこう言って奴さんをワナにかけるのさ。「公安の横のバス・ターミナルにいます。バス・ターミナルから電話しているんです。これからバスに乗ります。バス代しか持っていないんです。これからタツイ市に行きます。家族がいるので」とな。おいぼれはどうしてもお前に会いたいと言い張るにちがいない。そこでお前は「だめです。もう行かなくては」と言う。すると奴はタクシーに乗って家まで来てくれ。タクシー代は払うから、と言うだろう。自分がこれからお前に会いに行く、と言うかもしれないな。奴に来させるようにしろ。「バス・ターミナルの横の薬局の前で待ってます。でもすぐ来てくれないと困ります」って言うんだ。どんな車で来るかもきくんだぞ。ちゃんとわかったか？　言った通りにきちんと出来たら釈放してやる。もしへまをしやがったら、ぶた箱に逆戻りだ。懲罰用の独房に放り込んでやるからな。おい、ミネイロ、番号をダイヤルしてやれ。この野郎、震えあがっていて受話器を握ることもできないぜ。

III

おい、ミネイロ、フォガッサを使ったのはいい手だったたってわかっただろう？　だが、お前が思っているのとはちょっと違う。おいぼれはやって来たが、フォガッサの言い分を信じて来たわけじゃない。わかるか、ミネイロ？　あのおいぼれはなかなか頭がいい。やってきたのは、来なくちゃいけなかったからだ。来ないわけにはいかなかった。わかるか、ミネイロ？　ここに心理戦のワナがあるのさ。じいさんは信用していないのに来ないわけにはいかない。なぜかわかるか？　こんなに日が経っているのに奴が大物政治家たちに訴えてまわっているのは、娘がもうくたばっていると思いたくないからなんだ。娘が死んだと認めることを拒否しているんだな。だから、たとえ策略だとわかっていても、どんなことにもすがりつく。行かないではいられない。手を尽くさないわけにはいかない。わかるか、ミネイロ？　俺の作戦はなかなか上出来じゃないか。

Ⅳ

おい、ミネイロ。あのおいぼれのことを覚えているか？　フォガッサが娘を見たってガセネタを掴《つか》ませた件だ。ところがあのおいぼれ、まだあきらめない。もっと頭を働かせないとだめなようだ。奴の住所を持ってきてくれ。俺はリスボンのホーシャに電話するから。時差は三時間だから、まだ間に合う。

Ⅴ

もしもし領事館ですか？　ホーシャさんを呼んでいただけますか。フレウリー(4)からだと言ってください。

ホーシャかい？　元気かね？　ちょっとやってもらいたいことができた。あのくだらないカーネーション革命とかいう騒ぎのパンフレットを何枚か集めて、ミネイロがこれから言う住所に郵送してくれないか。小包にして航空便で。何も書かなくていい。宛先と差出人だけ書けばいい。差出人の名前は手書きで、若い女の子が書いたような字にしてくれ。おい、ミネイロ、おいぼれの住所と反乱分子の娘のフルネームをホーシャに知らせろ。おいぼれの奴、またパニックを起こすぞ。反乱分子狩り中止のお達しさえなければ、見せしめにこういうおいぼれの一人ぐらいぶっ殺してやるんだが。このじいさんか、またはアメリカで何か工作しているズズーとかいう気取った女を殺ってしまうところなのだが……。

VI

おい、ミネイロ、ホーシャがリスボンから送った小包は配達されたぞ。リマが郵便局で確認した。おいぼれの奴、わけがわからなくなっているだろう。ここで追い討ちをかけておこう。ボン・ヘチーロの手先、あの商業ビルのほうの男に電話して、「娘は明日のリスボンからのポルトガル航空の便でグアルーリョス[5]に着く」と伝えてくれ。明日ポルトガル航空の便が到着することはリマがもうチェック済みだ。今度こそあのおいぼれをくたばらせてやる。あのユダヤ人めが本当に憎らしくなってきたぞ。まだまだ面倒なことをやらかしてくれそうだ。奴に飛行場に行ってもらおう。飛行機から降りてくる人をゆっくり一人ずつ見てもらう。だが、娘はもちろんいない、ってわけさ。奴の背骨をへし折ってやろうぜ。死ぬほどへとへとに疲れさせてやりたいよ。心臓発作を起こすくらいにな。

VII

おい、ミネイロ、トップから警告が来たぞ。ことはますます深刻になってきた。ほかの奴らもいろいろ画策して圧力をかけてきたんだ。それに、サンパウロ大司教が呼びかけている家族会についてのリマの報告書を見ると、かなりまずい。例のおいぼれだけではないぞ。ズズーやそのほかにも何人かが加わった。もう政治活動になっている。政治運動だ。そこへきて上の連中が軍政から民政への移行の話をし始めた。今、民政化はないだろう？　まだ早すぎるって。俺たちの仕事だってろくに済んでいないっていうのに。

ミネイロよ、これは全面的に方針転換をしなくちゃならん。今や敵はテロリストたちの家族だ。もっと頭を使わなくちゃ。心理戦だよ、ミネイロ。こいつら家族たちを心理戦でやっつけなくちゃいかん。

おい、ミネイロ、こうしてくれ。リマが作った失踪者家族会リストの中の誰でもいいから電話をかけるんだ。そして失踪者の中の何人かがジュケリーの精神病院に収容されていると言え。患者として収容されている、とな。例の化学の女教師もそこにいる。他にも何人かの女性がいるが名前はわからない、と。自分はジュケリーで当直をしたことがある、と言って電話を切るんだ。向うが質問する隙を与えてはだめだぞ。わかったな、ミネイロ。

Ⅷ

おい、ミネイロ。待っていればきっとひっかかると思っていたさ。一週間かかったがうまくいった。奴らがエサに食いついて、あのおいぼれにも知らせがいくに違いないと思ったさ。奴は一人でフランコ・ホーシャにある精神病院に直接出向いた。着くとすぐに娘に会いたいと言ったそうだ。ああ、一人でなく三人か？　ほら、わかるだろう。もう団体で行動しているんだ。それは予測がついていたさ。あの司法精神病院の中にどうやったら入れるか、医師や職員の手づるを探して皆躍起になっているに違いない。しばらく静観しよう。そのうち疲れてあきらめるだろう。

IX

ジュケリーの件はもう二か月が過ぎた。リマはあの件はもう終わりだと言っている。家族会の連中はジュケリーをあきらめて、今は法医学研究所を嗅ぎまわっているそうだ。例のおいぼれも他の連中と一緒に行った。何も見つけるはずはないが、でも法医学研究所というのはまずい。我々のやっていることに近づき過ぎる危険がある。そうじゃないかね？　そうだ、ミネイロ。考えてみれば我々がいつも先行していなくちゃならんのだ。外国にいる我々の同士をもっと使えばいいじゃないか。たとえばオタワにいるルルデス。彼女はいいぞ。例のおいぼれの娘とオタワで会ったという電話を彼女にかけさせよう。ルルデスに何か作り話をさせればよい。たとえば、彼女はブラジルからの観光客で、喫茶店でポルトガル語をしゃべっていたら金髪の女の子が話しかけてきた。ブラジルに戻ったら電話してとお父さんの電話番号を渡した、とな。でその観光客は娘に好意を持って、ブラジルに戻るのを待たずにカナダから電話してきたってことにする。そう、それがいい。ルルデスはきっとうまくやるぞ。

X

おい、ミネイロ。俺たちがやっていることは何かまちがっているようだ。例のおいぼれは全くあきらめようとしない。信じられないことに、とうとうキッシンジャーまで巻き込みやがった。なんだと、ミネイロ。お前さんはキッシンジャーが誰だか知らないのか？　奴こそこの芝居を仕組んだ張本人だ。アメリカ人だよ。めちゃくちゃ頭の切れる奴だ。ただ、向うの状況が変わった。向うも変わったが、こっちも変わった。この「民政への移行」ってやつだ。

俺たちがやってきたことで何がまちがっているかわかるか、ミネイロ？　精神病院にいるとか、外国にいるとか言って、家族にまだ希望があると思わせたのがいけなかったのさ。奴らももう希望はないとわかっている。だが、希望があると思い続けたい。俺たちは寝た子を起こすようなことをしちまったってことよ。だからこれからは正反対のことをしなくちゃならん。遺体はどこそこに埋められている、いや違う、どこそこだった、という噂《うわさ》をばらまいて振り回すのさ。今までと同じように、いやそれ以上に家族たちをくたびれさせ、意気阻喪させられるはずだ。まだ生きているかも知れない人を救い出すために探すのと、ただ埋葬ができるようにと遺体を探すのとでは全く話が違うだろう。なんでまた俺はこんなに頭がいいんだろう。おい、ミネイロ、そう思わんかい？　法務大臣のファルコンだってこんな名案は思いつかなかったんだぞ。

XI

そうだ、ミネイロ。遺体がある場所の噂《うわさ》をばらまくんだ。次々にだ。ひとつの噂を流したらしばらく時間をおく。一か月か二か月くらいかな。それから別の噂を流すんだ。あの家族たちをへとへとになるまでくたびれさせてやろうじゃないか。そうだ、ミネイロ、いつかシュラスコ料理に招待してくれたお前の叔父さんがいたたな。イビウナの街の。あの叔父さんはまだ不動産の仕事をしているかね？　売りに出ている農場のリストの中から大きくて高い塀があるところを選んでもらってくれ。できれば更地がいい。住所がわかったら、それを家族たちに流すんだ。精神病院のときのように。ただし今度は死人だ。死体を捜させる。住所はきちんと教えてはだめだぞ。ヒントだけにしておく。奴らに考えさせ、見つけさせるんだ。

XII

おい、ミネイロ、そこに座れ。なんかおかしな事が起こっているんだ。全く気にいらねえ。誰が俺を訪ねてきたと思う？　なんとCIAの奴だ。他の誰でもない。ロバートご当人だ。あのおいぼれ野郎はなんとアメリカのCIAの誰かをうまいこと自分の味方につけたんだ。「娘と亭主を見つけ出せ」とワシントンから命令が来たとロバートが言いやがった。アメリカからの命令だとよ、ミネイロ。あのおいぼれ、街はずれのトゥクルヴィにあるちっぽけな店の親父だと思ってたが、もしかしたらあれは仮の姿かも知れねえ。よほど上手に正体を隠しているか、それともアメリカに大物の親戚がいるか、そのどっちかだ。ロバートが知らせてくれてまだよかった。奴は取引を提案してきた。俺たちは娘と亭主を差し出す。その代り俺たちの名前をあっちにあるすべての文書から消してくれるんだと。どういうことかわかるか、ミネイロ。あっちの文書は遅かれ早かれメディアに流れる。そうしたら俺たちはおしまいよ。ロバートは事情がすっかり変わったと言う。今は文書を消滅して証拠隠滅を図るときなんだとさ。まるで俺が何も知らないみたいに教えてくれた。娘を引き渡すだって？　一体奴の頭はどうなっているのかね？　二人がたとえ生きていたとしたって、あれだけのことをした後でどうやって引き渡したりできる？　証拠は消すんじゃなかったのかい？　だから俺たちは証拠を消した。奴らに命令される前にね。俺に言わせれば奴らアメリカ人はまるっきりなっちゃない。ずぶの素人だ。そうじゃないかね、ミネイロ?

(1)Moises Ibn Ezra(一〇五五―一一三八頃)スペインのユダヤ教徒の詩人。アルモラビデ軍の侵略によってグラナダを逃れ、カスティーリャ地方に移ったが、以後は極貧の生活を送り、故郷グラナダを思う痛切な詩を書いている。

(2)サンパウロ州の北に位置するミナス・ジェライス州に住む人や出身者の呼称。この場合は手下のあだ名として使われている。「二十 カウンセリング」で「本当の名前で呼ばれることはなく、いつも軍警のミネイロと呼ばれていた」とある。

(3)ゴルベリー・コウト・エ・シルバ将軍。一九六四年の軍事クーデターの中心人物。後に軍部主導で段階的な民政移管を図る。

(4)Sérgio Paranhos Fleury(一九三三―一九七九)ブラジルの軍事独裁政権時代の警察部長。反政府勢力への弾圧機関DOPS(公安警察)の長官。その拷問の残忍さで知られている。「二十 カウンセリング」参照。

(5)サンパウロ市最大の国際空港のこと。

十三　墓碑《マツェイヴェ》

「貴方はまったく無茶苦茶なことを頼んでおいでだ。遺体がないのに墓碑を置きたいなんて！」

ラビは大仰に答えた。Kはラビの中でも進歩派に属するという理由で彼を選んだ。保守的でないラビだったら、もしかして許可してくれるかと思ったのだ。ブタンタン地区のユダヤ人墓地にある妻の墓の隣に娘の墓碑を置きたいとKは頼んだ。だが、ラビは頼みを受けつけなかったばかりでなく、Kの身に起こった悲劇に対してひどく冷淡な態度を示した。

もう数か月あとだったら、事態はちがっていただろう。より進歩的なアメリカ出身のラビが、軍部に殺されたユダヤ人ジャーナリスト(1)の諸宗教合同ミサを執り行ったのだから。Kは時代よりほんの少し先行していたのだ。

「タルムードの法典のどこを探しても、ミシュネー・トーラーの十四冊のどこを探しても、遺体のない墓碑などという言葉はひとこともありません」とラビは言う。そして職業的な口調で次のように続けた。

「土から生まれたものを土に返すのでなければ、埋葬の意味はありません。アダム（人間）とアダマ（土）は同じ言葉です。体はゆっくりと朽ちていき、魂はゆっくりと体から解放されます。だからこそ、私たちユダヤ人の間では火葬にすることも死体に防腐処理をすることも禁じられているのです。金属製の柩《ひつぎ》を使用してはいけない、釘《くぎ》を打ってはいけないなど、その他諸々の禁止条項があるのです。遺体のない埋葬などまったく無意味です」

Kはこのラビに教えてもらう必要など一切なかった。子どものころからユダヤ教の学校ですべての法典について学び、さらに奥義書まで学んでいる。ヘブライ語についてはサンパウロのどのラビよりも精通していることは確かだ。宗教としては拒否しているがその掟《おきて》の内容は知っており、墓碑は死後一年経過してから置かれるべきものだということも知っている。いにしえの賢者たちによると、その時期に死者の思い出はより鮮やかに蘇《よみがえ》るという。

Kはこの習慣が実に適切なものであると異常なほど強く感じていた。娘を失って一年たつ今こそ、何がなんでも娘の墓碑を建てねば、と思っていた。墓碑がないことは娘が存在しなかったというのと同じことになる。だがそれは本当ではない。彼女は存在した。大人になり、その人格を形成し、自分の世界を築き、大学を卒業し、結婚した。墓碑がないことは災難の上にさらに災難を重ねることのように思われる。娘の身に何が起こっているかを近くにいながら気づけなかった自分への罰のように感じられる。

「遺体がなくては祭儀もなく、何もありません」

とラビは言葉を続ける。

「遺体を清める儀式もありません。遺体を清めるのは、清められた遺体だけがユダヤ人墓地に埋葬できるからです」

このラビはうちの娘が清らかでないと言っているのか？　娘のことを何か知っているのか？なにも知らないじゃないか。Kにとってはラビの言葉はうつろだとしか思われない。すでに墓地委員会の会合で、遺体がなければ墓碑は建てられないと言われていた。Kは委員会の会長に言い返した。ブタンタンのユダヤ人墓地の入口にはホロコーストの犠牲者を記念する立派な墓碑があるが、その下には遺体は葬られていないじゃないか、と。委員長は娘さんに起こったことをホロコーストを同列におくなんてとんでもない。ホロコーストは他と比較できるようなものではありません、ホロコーストはまったく特別のもので悪の極限です、と言う。すっかり不機嫌になって、席を立とうとしている。「その点については私も同意見です。でも、私にとっては娘の悲劇はホロコーストの延長線上にあるのです」

Kはさらに続けて、イスラエルでは同じ理由で死者の墓碑にはホロコーストの犠牲になった親の名前が書き加えられる習慣だ、と訴えた。イスラエルでの習慣に触れたことが決定打となって、委員長は同意した。だが、これは初めての例だからラビの承認が必要だという。それでKは進歩派と言われるこのラビを訪ねたのだ。そのラビはあいかわらず墓碑建立反対の演説を続けている。

「墓碑を建てるのは埋葬の最終段階にすぎません。家族や友人たちが死者に敬意を表し、その魂のために祈るために建てるのです。そもそも墓碑の起源はなんでしょう？　我々の先祖たちは何のために墓碑を建てたのでしょう？　墓地が汚されないため、遺体が損なわれないためです。ここで最初に戻るのですが、遺体がなければ汚されることもなく損なわれることもありません。墓碑を建てる意味もないわけです」

Kはもうラビの言葉を聞き流していた。「ラビの知恵は中世の言葉遊びに過ぎず、現実から遊離している」と若い頃から思っていたが、まったくその通りだと憤慨する。ラビたちは自分が助けを求めたとき、何もしてくれなかった。カトリックのサンパウロ大司教さえ協力しようとしてくれたのに、ユダヤ教のラビは何もしてくれなかった。

「また、ご存じのように、善人と共に悪人を埋葬してはならない、などたくさんの規則があります。マイモニデスは非ユダヤ人と結婚した者は我らの聖なる地に埋葬されてはならないと言っています。自殺者も墓地の中には埋めてはならず、塀の際だけに埋葬できます」

さっきは娘が清らかではないとほのめかしたが、今度は自殺ではないか、という。一体娘のなにを知っているというのか？　何も知らないくせに。あるいは非ユダヤ人と結婚したから娘は良きユダヤ人ではないとでも言うのか。同じ理屈をつけてラビたちはポーランドから来た若い娘たちをヴィラ・マリアーナの墓地に埋葬させなかった。彼女たちに落ち度はなく、マフィアにだまされて連れて来られた貧しい娘たちなのに。これはひた隠しにされてきた悲しい話だ。彼女たちはショーラ・メニーノに自分たちの新たな墓地を作らなければならなかった。サントス市のポーランド娘たちの身にも同様なことが起こっている。

　ラビはまだ話を続ける。

「墓地は教育的な役割も有しています。死の天使が迎えに来るとき、我々は皆平等であることを思い出させるという役割を。ですから墓碑はつつましくなくてはなりません。死者の名前と生年月日、没年月日、それに両親の名前だけが書きこまれた墓石でなくてはならないのです」

　Kは疑問に思った。もし娘がクラビン家とかサフラ家といった名家の一員だったら、ユダヤ人社会はこれほど無関心でいるだろうか、と。移民社会も、このラビも、そしてさらには政府の連中も決して無関心ではいないだろう。悲嘆にくれ、だが意を決してKは少々不愛想にラビに別れを告げると出口の階段へ向かった。耳にはまだラビの最後の言葉が響いている。

「貴方が欲しいのは墓碑ではない。貴方が本当に欲しがっているのは娘さんを称える記念碑なんですよ。でも娘さんはテロリストだったんでしょう？　ちがいますか？　貴方は我々ユダヤ人社会が聖なる地でテロリストを称えることを願っている。ひとりのテロリストのために我々を危険にさらしたいのですか？　なんと言ったって、彼女はアカだったんでしょう？」

　疑問文の形を借りたこれとまったく同じ非難の言葉をKは一か月前に聞いている。口にしたのはテレビ局のオーナー社長で、大統領経験者や将軍たちと親交のあるユダヤ人だった。Kがこの人物に会いに行ったのは、ユダヤ人でやはり羽振りのいい人物に紹介されたからだった。

　Kはテレビ局の社長の友人である将軍たちから何か情報が得られるのでは、との期待をこめて娘に起こった出来事を話した。大金持ちのユダヤ人社長はいらいらした様子で話を聞き、「でも、娘さんはアカだったんでしょう?」と訊《たず》ねた。まるでそれならそういうことになっても当然じゃないかと言わんばかりに、そしてそれでこの話はお仕舞いだ、というかのように。Kは間髪を入れずに答えた。「娘はサンパウロ大学の教師でした」と。

墓碑を建立できないことで悲嘆にくれたKはひとつの考えを思いついた。娘と婿を記念して小冊子を作ろうというのである。本の形をした墓碑、メモリアルとしての本だ。こういうことはポーランドでも時折行われていた。それが墓碑にとって代わるということではなかったが。八ページか十ページくらいの小冊子にして二人の写真や友人たちの言葉を入れよう。百部ほど印刷し、手渡しで親類や友人知人たちに配ろう。イスラエルに住む親類にも送ろう、と考えた。

思ったよりはるかに大変な仕事だった。まず原稿を集めてタイプで打つ。それから八ページのメモリアルの中に写真や文章をどう配置するかを大雑把に決めていく。娘の女友だちたちがKを手伝ってくれた。Kが正確に書けるのはヘブライ語かイディッシュ語だけだったのだから。友だちは皆、原稿を書いてくれ、一人はレイアウトを担当してくれた。最初のページには娘の大学卒業時のあの美しい写真を載せることに皆で決めた。

これだけの材料を揃《そろ》えてKは近所の小さな印刷所を訪ねた。いつも地元の商売を第一にすることにしていたのだ。もう死んでしまったがこの印刷所はイタロというイタリア人のアナーキストのものだった。イタロはKの店の古くからの客で、時々政治を批判する話などを交わした

間柄だった。昔はこの印刷所で「労働」という名のアナーキストの小さな新聞を印刷していた。今は息子が後を継ぎ、結婚式の招待状や名刺や領収書などを印刷している。

　見積もりと小冊子がいつごろ出来上がるかを訊《き》くために、Kは翌日印刷所を訪ねた。若い息子は怒鳴らんばかりの剣幕でKを迎えた。

「こんな反体制的なものを私の印刷所に持ち込むなんて、一体どんなつもりです？　これを持ってすぐ帰ってください。こんなものは二度と持ち込まないでください。こんな話聞いたことがない。政治的失踪者、共産党員の反体制的な内容の文書だなんて！　彼女はアカだったんでしょう？」

（1）Vladimir Herzog のこと。二十五章の注参照。

十四　困窮

父親や母親が年取ったら、子どもは最後まで親の面倒を見て、それから弔いを出すもんだ。子どもたちの子どもたちも同じことをくりかえす。そのくりかえしでなくちゃいけない。私らはこの先どうなるのか、お先真っ暗だ。旦那さんはいいですよ。お店を持っていなさるから。お嬢さんがそう言ってた。だけど私らには何がある？　女房の年金なんざほんのわずかなもんだ。私ときたらそれさえありゃしない。あの子は一族の中で最初に大学まで行って卒業証書をもらった。努力家で、昼間働いて夜学に通っていたんです。稼ぎも良かった。月末には必ず顔を出して電気代や水道代なんかを払ってくれた。食料品店や肉屋のツケもきれいに支払いを済ませてくれたんですよ。この家だって必要な書類を揃《そろ》え、手付け金を払い、月賦を払ってくれたから、何も心配することはなかった。末の娘が家計を助けてくれるが、別居して一人で子どもを育てているんだから、助けてくれるといったって、ほんのわずかなもんですよ。女房は丈夫で元気そのものだったんだが、知らせを聞いたらがっくりきて、あっという間に髪の毛が真っ白になっちまった。今でも突然、わけもなくわっと泣き出したりする。私はね、身体がいうことをきかないんですよ。仕事中の事故だった。でも、ちょっとばかりの障害手当が出るだけで、薬代にもなりゃしない。それなのに、「ちゃんとした雇用契約がないのに特別扱いしてやった」と恩着せがましく言われた。あの子はよく言ってたよ。老後のことを考えてもっと高く請求したほうがいいって。連中は皆、私の仕事に頼っているんだからって。あの子は工場主たちに腹を立てていたんです。実際、皆が私を頼りにしていた。このあたり一帯で、大《おお》樽《だる》やポンプの修理をするのは誰だっていうんです？　いつだってこの私だ。昼も夜もあったもんじゃない。ここからアパレシーダまで、それに川の向こう岸のカサパーヴァやジャカレイまで呼ばれて行ったもんだ。昔はどこもかしこも牧場や畑で、酪農家ばかりだった。それが全部だめになっちまった。そのこともあの子はお見通しだった。どっちかというと無口だが、いい加減なことはこれっぽっちも言わない奴なんだ。畑がなくなる前にあの子にはもうわかってた。それから自動車工場や部品工場がいくつも建つようになった。牛乳もチーズもヨーグルトもバターも砂糖もなにもかもなくなって、いつかきっと、ここの人たちはネジを食わなくちゃいけなくなっちまう。旦那さんは大袈裟《おおげさ》だと思いなさるかね？　そうかも知れない。これはあの子が言ったわけじゃあない。私がそうなるんじゃないかと想像しているだけ。あの子はきちんとした証拠がないことは話さないから。ほら、ガレージに山のような本があるでしょうが？　全部、あの子の本だ。今となっては何の役にも立ちゃしない。私だって読み書きは習ったんですがね、事故のあとは目が悪くなっちまって……。スポーツのページだけ、それもほんのちょっとしか読まない。あの子にとっては本がすべてだった。だれにもさわらせなかった。まだとても小さいうちに読むことを覚えたんです。ガキのころからよその子たちがぶらぶらしているときにあの子はいつも本を読んでいた。よその子たちがたこ揚げで遊んでいるときに、あの子は伯父の家に本を借りに行っていた。この伯父のことはもうお話したですかね？　フーベンスという名前で女房の弟。組合の役員をしていて、息子はこの伯父のせいで読書の楽しさを覚え、政治に首を突っ込むようになったんです。だからってフーベンスを責めてるわけじゃあない。だれのせいでもない。これは運命ってもんだから。私らはなんてったって、この世で罪を償いながら生きてるんだから……。息子がまだ中学生だったころ、生徒たちで新聞を作ろうって話になったことがあったな。みな、はりきって楽しそうにやってた。卒業式には息子が演説をした。十四歳で、もう演説をしたんです。高校生になると教会のことに首を突っ込むようになった。例のパウロ・フレイレ(1)の識字運動ってやつだ。貧しい地域に行って労働者たちに読み書きを教えていた。ジャニオが大統領を辞任して軍人たちとやりあってた頃は、息子はずっとラジオにかじりついてました。それからこっちずっと政治活動に入りびたり。少し落ち着いたなと思ったのは大学に入ってからだ。でも今になってみれば、あれは人に知れちゃいけないから落ち着いたようなふりをしてたんだろうな。カサパーヴァの部隊が警戒状態になる前から、フーベンスは息子に気をつけるようにと注意していた。あの大騒動が起きる前から二人には十分注意するよう言ってたんだ。映画も息子は大好きだった。しょっちゅう行ってたね。週に二回、出し物が代わると見に行った。サッカーの試合は見なかったね。サッカーの話になると何も言えなかった。選手の名前も知らないくらいで。ずっと恋人もいなかった。お宅のお嬢さんをある日連れてくるまではね。あの日は本当にぶったまげたな。息子がやって来てお嬢さんを照れくさそうに紹介したんです。お嬢さんはとっても優しくって、礼儀正しかった。近所の人たちまで皆ファンになってしまった。それはもう、みんな大喜びだったんです。二人は広場でアイスクリームを食べたり、慈善バザーに行ったり、聖ゴンサーロや聖ヨハネのお祭りに出かけたりしていた。お嬢さんは息子だけでなく家族みんなに本当にやさしくしてくれた。本当です。心からそう思っているんですよ。こんな話、迷惑だったらもうやめますが……。行方不明になったというお嬢さんの写真が新聞に出たとき、娘が見せにきました。女房を支えてあわてて椅子にかけさせなくちゃならなかった。それからというもの気がめることばかりで……。口から口へとうわさが広まって、近所の人が私らを見る目つきまで変わってしまった。このあたりでは皆が顔見知りだからね。娘は市役所の仕事を辞めさせられそうになった。そうこうするうちに時間がたって、だいぶ落ち着いてきたが、それでもまだうちの前を避けて通る人がいる。でもどうするわけにもいきませんや。そうでしょうが？　人間ってのはそんなもんだ。で、女房はお嬢さんをとても気に入っていた。しょっちゅうぺちゃくちゃおしゃべりしていた。うちの娘もだ。三人でいつもおしゃべりしていた。お嬢さんが好きでない人なんて一人もいなかった。これは本当に本当のことなんですよ。こんな話、迷惑だったらもうやめますが……。みんなであれこれおしゃべりしたもんです。私のことや、私が一日三回飲んでいるアスピリンのことまで。お嬢さんは痛まないときは飲む必要はない、と教えてくれた。お嬢さんは賢くて何でもよく知っていなさった。でもアスピリンについては私のほうがよくわかるんですよ。息子とおんなじで、お嬢さんもいつも本を抱えていた。今は私ら、これから先どうすればいいか、お先真っ暗だ。うちの大黒柱は息子だったんだから。金を入れ、困ったときには助けに来てくれ、いつも守ってくれていた。私らは支えをなくして困り切っているんです。こんなことがあっちゃいけない。子どもたちが親を葬るべきなんです。親が子どもを葬るもんではない。悪いことに、息子の遺体を葬ることさえ、私らにはできないんですがね……。

（1）Paulo Freire（一九二一―一九九七）ブラジル北東部のレシーフェ市出身。二〇世紀を代表する教育思想家として世界的に知られている。成人向きの、意識改革を伴う斬新な識字教育を広めたが一九六四年の軍事クーデターで投獄され、保釈中に国外へ亡命。アメリカやヨーロッパに十五年間滞在中に各地で講演活動、ユネスコの識字活動にも携わる。帰国後はサンパウロ市の教育庁長官を務める。主な邦訳書は『被抑圧者の教育学』『自由のための文化行動』『伝達か対話か』など。

十五　矛盾

消息を絶った娘を探し求める父親に怖いものは何もない。最初こそ非常に注意深く行動するが、それは恐怖のためではなく、思いもかけなかった「行方不明者の捜索」という迷路をまるで盲人のように手探りで動いているからだ。最初のうちは見習い期間のようなもの。危険の度合いを正確に測らねばならない。自分の身に及ぶ危険のことではない。自分のことはなにも心配していない。他の人、つまり娘の友人たちや隣人たち、大学の同僚たちに及ぶかも知れない危険のことである。

はじめのうちはまだ希望がある。考えたくないような事態は始めから除外してかかる。慎重に動いたら、もしかしたらうまくいくかも知れないと考える。専制的な政権に対して長年の経験を持つ諸団体はこのように行動してきている。つまり、大騒ぎせず、糾弾することもしないようにする。だから、娘を拉致された父親は、初めはきわめて注意深く行動する。

だが、いたずらに日数が過ぎ、なんの答えも得られないとなると、この父親は声を挙げて叫び始める。不安にかられた父親はもはやささやくことをやめる。恥も慎みも捨てて友人に訊《たず》ね、友人の友人に訊《たず》ね、ついには見知らぬ人にも訊ねてまわる。こうして、真実を知ることを阻む沈黙の城壁、延々と続く沈黙の城壁を、まるで盲人が杖《つえ》で探るように探って行く。

娘は発見できず、発見したのは立ちはだかる壁だけ。皆に注意を向けてもらおうと頼み歩くことにもやがて疲れはててしまうだろう。新しい情報のない日々が週の単位になると、娘を探す父親は狂ったように叫び始める。かなえられることのない正義を要求し、自らの不運を腹立たしく思って。

深淵《しんえん》は人々を呑み込むことをやめない。残酷な弾圧は続く。だが、娘を探す父親はますます怖れを感じなくなる。悲嘆に沈んでいるが、毅然《きぜん》としている。そして自分の身には危険が及ばないという矛盾に気づく。だれもが人々を呑《の》み込む深淵に巻き込まれてもおかしくないときに、あるいは車に轢《ひ》かれてそこらの穴に捨てられてもおかしくないというときに、彼だけは免れているのだ。抑圧する側は彼が叫び立てても何もしない。彼に危害を加えれば正体を暴露することになるからだ。

自分に怖いものはないと父親は感じている。新聞社に行って訴え、独裁政権に突きつけるプラカードを手に行進する。警察を見下す態度を見せる。アルゼンチンの五月広場の母親たちのように練り歩く。半分死んだような者が生きている者たちを脅かす。決して譲れない使命を帯びた人間は何者をも恐れない。びっくりしたように横目で見る人もいれば、共感のまなざしにも出会う。

大通りでショーウインドーに映る自分自身の姿にふと気づく。他の老人や老女にまじった一人の老人だが、旗を掲《かか》げるようにして大きく拡大した娘の写真を手に持っている。われながら自分の変身ぶりに度肝を抜く。彼は昔の彼ではない。作家で詩人、イディッシュ語の教師であった彼はもう一個人ではない。政治的失踪者の父親というひとつのシンボル、イコンとなっている。

数週間が数か月となれば、疲労感と脱力感に打ちひしがれそうになる。だが、彼はあきらめない。拉致された娘を探す父親は決してあきらめない。もはや希望はひとつも残っていないが、あきらめはしない。今は実際になにが起こったかを知りたいと願う。どこで？ 正確にはいつ？ 自分の落ち度を正確に測るために、それを知る必要がある。だが、なにもわからない。

あと一年もすれば、独裁政権もついに苦しんで臨終を迎えるだろう、と皆が思っていた。だがその苦しみは死を前にしたものではなく、緩慢で抑制のきいた変身（メタモルフォーゼ）のためであった。行方不明の娘を探す父親は、これからも娘の拡大写真をつけたマストを執拗《しつよう》に掲げ続けるだろう。だが同情のまなざしは影をひそめていく。もっと都合の良い旗が次々に掲げられていく。まなざしは違ったものになっていく。シンボルは必要でなくなり、むしろ人々の気持ちを逆なでする。消息を絶った娘の父親は世の中の常識に抗して捜索を続けていく。

さらに数年が経過すると、また当たり前の日常が戻ってくるだろう。世の大半の人はそこから一度もはずれることなく、ずっと同じ生活を続けている。老人たちは死に、子どもたちが生まれる。拉致された娘を探す父親はもう何も探さない。疲労と人々の無関心に負けて、もう棒の先に写真を掲げて歩くことはしない。シンボルであることをやめ、もはや何者でもない。枯れてしまった木の、役立たずの幹である。

十六　二つの報告書

ソウザ工作員による報告書　一九七二年五月二〇日
ALN（国家解放運動）リオデジャネイロ地域司令部会議

出席者はクレメンシオ（別名クレメンス、アルシデス）、マルシオ（別名シッド）、アルヴァロ（別名フェルナンド、マリオ）の既存構成員と新顔のホドリゲス、および当工作員。待ち合わせ場所はマルシオが待つサエンス・ペンニャ広場。マルシオはユリが殺害されたあと残った唯一の連絡員である。上記の者たちは新しいアジト（というか前からのものだが予備に確保してあったもの）に集合した。ボンフィン伯爵通り六六三番地の賃貸用ビルにあるワンルームマンションで部屋番号は二号。二階の廊下の突き当りに位置する。奥の窓が電力会社の支所に面しているので、逃げ道は確保されている。ビルに門番はおらず、エレベーターを使う必要もない。ドアは内側に二重の閂《かんぬき》があり、窓には太いロープがつけられていて襲撃されたとき簡単に逃げられるようになっている。マルシオが部屋の鍵を持っていた。十分遅れてアルヴァロがホドリゲスという新顔を連れて到着。ホドリゲスは中背で痩身。髪は黒く、顎骨が張って眉毛が濃い印象的な顔立ちをしている。年令は二十八から三十歳か。似顔絵を描きやすいタイプだ。数分遅れてクレメンシオが到着。まだ十九歳だが部屋に入ってくるやすぐにトップとして振る舞った。アルヴァロ、クレメンシオ、マルシオの三人のテロリストと自分は、指示通り小型の拳銃で武装している。初参加のホドリゲスは武装していない、たぶん先鋭隊ではなく後衛部隊に属するのだろう。上記の者たちは最近仲間たちが捕まっているのは内部に通報者がいるからだと知っている。クレメンシオは通報者の目星はついているので、自分の指揮下、処刑を決定する審問委員会を設置したい、と提案した。が、容疑者の名前は明らかにしなかった。マルシオは慎重にやるべきだ、証拠がきちんとなくてはと発言した。クレメンシオは組織が壊滅の危機にあるのだから、脱落を考えて迷っている者たちを脅すためにすみやかに審問委員会を開き処刑しなければと言う。裏切り者の発見は非常にインパクトが強いことなので、それにより運動体の再編成が図られれば、永続的反体制運動の新しい戦略が可能となる。つまり、国の内陸部奥深くまで拠点を散在させ、都市部では戦略的行動に出るというものである、という。ホドリゲスは何も意見を言わなかった。このホドリゲスはパラナ州から来たと紹介されたが、本当はサンパウロ州から来たにちがいない。記録にあるように、パラナ州にはもう何一つ残っていないのだから。ホドリゲスはほとんど口を開かなかった。私の存在を嫌っているような印象を受けた。会合は短時間で終了し、今後の行動や待ち合わせ場所、合い言葉などの変更もなく解散となった。次の行動や会合については何も話題に上らなかった。

以上

彼はこのアジトを知らなかった。たぶん最後に残ったうちのひとつだろう。もしかしたら最後のアジトだったかも知れない。予想通り、会合は短時間で終わり、焦燥感が漂っていた。上からの指示通り、彼は密告者の処刑に賛成の意を表した。そして安全のためにすぐ解散したほうが良いと提言した。詳細を忘れないうちに、報告書を書いてしまいたかったのだ。角を曲がると通りかかったタクシーをつかまえた。中心街へ、と運転手に言う。メスキッタ男爵通りの二ブロック手前で車から降り、最終目的地までは歩いて行った。時間を稼ぐため、報告書は直接タイプライターで書いた。タイプを打ちながら出席者たちの苦悩に満ちた表情を思い浮かべる。イチかバチかの勝負どころだったと彼にはわかっていた。ほとんど全員が捕縛されリーダーが処刑されてから、この地域司令部の初の会合だったのだ。内部に潜入した通報者をどうしても探し出さねばならなかった。自分の仮面が剥がされ、処刑される危険があった。待ち合わせの前の午後いっぱい、不安で落ち着かなかった。どこかに疑われるような隙を残さなかったか、最近の行動をひとつひとつ思い出してみた。疑われないためにはとにかく待ち合わせ場所に行くべきだ、との結論に結局達した。それでも出発までの三十分は瞑想《めいそう》をして過ごした。

だが、こちら側はどうだろう？　自分がいる側は？　ボスは、たとえばこのホドリゲスのような、まだ知らないメンバーを発見するために今の作戦をもうしばらく続ける可能性はある。だが、情報収集はもう必要ないと思うかも知れない。生き残りを一掃する決定はすでにとられた。そのことはよく知っている。あとはその一番適切な時を待っているだけだ。奴らはもうおしまいだ。あとは時間の問題だ。「永続的反体制運動」だって？　奴らは狂っている。まったく現実を度外視している。狂気の沙汰だ。だが、自分は？　すべてが終わったとき、自分はどうなる？　使い道がなくなったら、使い捨てにされるだけだ。いや、それにしては自分は知りすぎている。自分も消されないと誰が保証してくれよう？　ＶＰＲ（革命国民前衛隊）に潜入した通報者は消されたではないか？

畜生！　なんてことになったんだ！　なんとか逃げ道を考えなくては。考えてみれば、こんなぬかるみに足をつっこんだのは女のせいなんだ。会合に出ていた女たちのせいだ。ラウラの奴が突然傷だらけの男を連れてやってきた。銀行強盗だってさ。その話が出たときに彼らとはっきり袂《たもと》を分かてば良かったんだ。強盗ではなく「収用」だとラウラは言った。それが俺になんの関係がある？　大体俺の意見など聞いてもくれなかった……。そしてアルジェリア行きを勧めてくれた。本当に行ってもらいたかったのだ。口を割られるのを恐れていたのだ。アルジェリアに行くか完全に地下に潜るか、そのどちらかだと言われた。そのときアルジェリアを選んでいたら、簡単に逃げられたはずだ。次の日に姿をくらませば、それで良かった。だが奴

らの狂気がここまで高じるなんて誰が想像できただろう？
　まわりを見回した。犬小屋みたいな狭い部屋にまだ自分ひとりしかいない。ボスの奴は俺たちを「犬ども」と呼ぶ。爪を剥がされた恐怖の夜を思い出した。彼らの側に寝返ることを承知するまで、爪を一枚ずつ全部剥がしてやると言われた。奴らから必要とされなくなった今、自分にどんな保証があるだろう？　全くない。さんざん苦しめられた挙句殺されたんではたまったものではない。解決策を見つけるまでの時間が必要だ。タイプライターから報告書を引き出し、小さく丸めると口に入れた。薄い小さな紙だったので助かった。紙が水気を吸うのを待ってさりげなく臼歯で噛《か》みつぶす。新しい紙をタイプライターに入れ、もう一

つの報告書を書き始めた。

ソウザ工作員による報告書　一九七二年五月二〇日
ＡＬＮ（国家解放運動）リオデジャネイロ地域司令部会議
待ち合わせ場所はマルシオが待つサエンス・ペンニャ広場。マルシオはユリが殺害されたあと残った唯一の連絡員である。規則通り十分間待つが、上記の者は現れず。慣例に従い十五分後に再度待ち合わせ場所に行くが上記の者は現れなかった。作戦は不発。次の指示を待つ。

報告書をタイプライターから取り出したとき、ドアが開いてボスが入ってきた。口の中の丸めた紙を一気に呑《の》み込み、報告書をボスに手渡す。頬の赤さや額を流れる汗のことを訊《き》かれたらどう説明しようかと、頭の中では必死で言い訳を考えていた。

十七　悪夢

あの晩、Kは娘が失踪して以来、初めて熟睡した。リオデジャネイロ州のバイシャーダ・フルミネンセ地区への旅行で疲労困憊《こんぱい》していたせいだろうか。起きたとき疲れはとれていたが、悪夢とも言える夢を見たことに心が乱されていた。夢は昨日の愚行への懲罰のように思われたからだ。夢というのはもともと支離滅裂なものだが、昨日のはさらに特別だった。不思議な光景がいくつかあったので、それは何を意味するのだろうとKはその謎解きを試みる。

頭にすぐ浮かんだ光景はとてもはっきりしたものだ。シャベルで土を掘っていた。平らな刃の、ごく普通のシャベルなのに一回ごとに信じられないほど多量の土を掘り出している。まるでショベルカーのように大量の土を掘り上げているので、穴はまたたく間に深くなっていく、というものだ。

この夢は簡単に説明がつく。前日、本当なら土を掘り返していたはずなのに、実際はやらなかったからだ。地の果てのようなバイシャーダ・フルミネンセまで大変な苦労をして行ったのに、結局何もしなかった。赤ん坊を抱いた、白人と黒人の混血の女性が、駅近くにひとつだけある屑《くず》鉄屋の場所を教えてくれた。その門の前から丘にむかって四百歩、普通の歩幅で歩くと大きく陥没した場所があった。そこには実際に細い道があり、その道の突き当りに、あのジャーナリストが言った通り丸い花崗岩《かこう》が見つかった。そのジャーナリストが行方不明になった政治囚はそこに埋められていると言ったのだ。Kは不審に思った。色褪《あ》せた汚い雑草がかろうじて生えているが、土は固く、小石が混じっている。土を掘り返した形跡はまったくない。まずこれでKのやる気はそがれてしまった。それにこういう事をやるのに、誰も連れて来なかったのは大まちがいだった。娘の行方を尋ねて国内はもちろん海外までも重要人物に会いに行っていたため、集団で行動することから遠ざかっていた。もちろん行方不明者の家族はそれぞれ知人や親戚、遠い血縁の者まで総動員し、職場の人間関係も活用して捜索活動をしていた。それはやっていたし、するべきことだ。だが、単独でやるべきではないこともある。

言われた場所に着いてみて初めて、ジャーナリストが言ったことはいかにばかげているかに気づいた。ジャーナリストは、その街でトラクターを雇って掘らせればよいと勧めたのだ。まるで簡単に骸骨をいくつか掘り出せるような話だった。技術がなければ遺体を損なわずに掘り出すことなどできないし、役人に立ち会ってもらい記録してもらわなくてはいけない。鑑識もおらず、弁護士協会に声をかけることもしないなんて、そんなことはすべきではない。遺体の発掘を真剣に考えていないと言われてしまうだろう。数々のニセの情報に振り回され、無駄な捜索を続けてきた結果、じっとしてはいられなくて、ただ捜すために捜すという悪習慣に染まってしまった。一人で何もしないでいる時が最悪の時だった。娘の面影があまりにもはっきりと浮かんできて、Kを苦しめた。だから、ちょっとした話でも、たとえあり得ない話でも飛びついた。だが、このジャーナリストはいい加減な話をする人ではない。真面目な人間で、警察に顔が利き、取材と報道に定評があった。実際あの場所の様子は彼が教えてくれた通りだった。あそこは政治的失踪者ではなく一般犯罪の犠牲者が埋められた可能性もある。そこへ彼が一人で出かけて行って、トラクターで土を掘り起こさせたりしたら、大騒ぎになるだろうし、危険でもある。ただし、Kが何もしなかったのは怖かったからではない。行方不明の娘を捜す父親に怖いものはない。すでに起こったことに比べれば、今後起こりうることなど問題ではなかった。恐怖ではなく、意気消沈だった。やろうという意思の欠如、行ってその場所を確認しただけで感じた消耗感、ひとりきりだったという事実、それらが原因だった。情報を「政治的失踪者家族会」にまず流すべきだった。そして皆で出かけ、どうするか決めるべきだった。これはまだこれからでもできることだ。自分が出かけたのは、情報をチェックするための事前調査ということになる。こう考えると少しは気が落ち着いてきた。

それからもうひとつの夢を思い出した。自分は穴の底にいて、まだ掘り続けている。ふと上を見上げると穴を取り巻いている皆の顔が見える。穴はすでに十分深く、皆が彼を上からじっと見下ろしているのだ。彼は底にいて皆が彼を見つめている。皆というのは彼の文学仲間たち、コーヘン兄弟、ホーザ・パラトニック、弁護士のリピネール、それにパン屋のポルトガル人、隣家のスペイン人、店の共同経営者、こういう身近な人たちが彼を見下ろしている。身近な家族のような人たち――家族の人たち――行方不明者の家族たち！　家族会の皆に情報を回さないなんて、頭がどうかしていたに違いない。不思議なことに、どんな顔で皆が自分を見ていたかが思い出せない。怒った顔か、好奇心でうずうずした顔か、興味なさそうな顔か、心配そうな顔だったか……。とにかく彼は掘って掘って掘り続けた。

突然もうひとつ別の場面を思い出した。シャベルが岩にぶつかったとき、下から一匹のヘビが出て来た。噛《か》みつくひまを与えず、彼は一撃でヘビをやっつけた。するとその途端、彼は穴から外に出ていた。そしてヘビに噛《か》まれたわけではないのに、まるで病気で熱が出る時のように寒気を感じた。

しかもそこには誰もいない。皆、消えてしまった。いたのは子どもを抱いた、白人と黒人の混血の女性だけだった。この女性はずっと前に娘の子守りとして雇った子だった。とても若く、たぶん十五歳くらいだったと思う。ヨーロッパでの戦争の知らせで妻は体調を崩し、何をする気力もないほどになった。娘はまだ三歳で、このディヴァという名の女の子が子どもの世話をしていたのだ。夢の中でKの悪寒はますますひどくなった。見ると抱かれている子は自分の娘ではないか。ディヴァが「横になってください。キニーネを飲む時間ですよ」と言った。

そこで彼はアグア・フリアの方に買った低地の地面を掘りに行ってマラリアに罹《かか》ったことを思い出した。ある友だちから口約束だけで現場を見ずに買った土地だった。行ってみたらなん

と湿地だった。彼は柵を作り、土地の境界をはっきりさせた。そこで三匹のヘビを殺した。シャベルは平たい刃で、土はぐじゃぐじゃだった。沼地だったからだ。そしてマラリアに罹《かか》ってしまった。彼はそのとき三十八歳で、それが初めて買うことができた土地だった。その後、湿地にもかかわらず地価は上がり、その土地を売って家の手付金を支払った。娘がまだ赤ん坊で、妻が心に深い傷をおっていた、まさにその時期だった。

Kはマラリアの熱に浮かされ、娘の世話をしていたのは混血娘のディヴァだった。そういえばディヴァのことをすっかり忘れていた。今はどこにいるんだろう？　ディヴァもまた行方不明になっている。ある日、辞めさせてくださいと言って出て行った。うちで十年も働いていたから家族のようなものだった。食事は別だったが娘の部屋で一緒に寝ていた。まるで姉妹のようなものだった。どこに行くとも言わず住所も教えずに、まるで嫌なことがあったかのように出て行った。

だがもちろんディヴァは姿を消しただけで、誰かに拉致されたわけではない。住み込みの手伝いという仕事がいやになって、結婚相手を見つけ、別の地域やほかの街に行ったのだろう。だが、娘はディヴァが突然いなくなったことをひどく悲しんだ。家族全員が茫然《ぼうぜん》として非常に心を痛めた。その彼女が子どもを腕に抱いて夢の中で戻ってきた。Kは手を伸ばし子どもを抱こうとする。だが、どうやって抱いてよいかわからない。抱いたことがなかったのだ。それでも両手を伸ばして赤ん坊を下から持ち上げ、自分のふところに抱いた。赤ん坊の顔を見るとにこにこ笑っている。赤ん坊だったが、顔は娘の顔だった。

十八　情熱

I

最初に感じていたのは恐怖でした。ものすごい恐怖です。彼が弟や家族をひどい目にあわせるのではないか、私もひどい目に合うんではないかという恐怖です。今感じているのは熱い恋心。私たち、本当に狂うほどひたむきに愛し合っているんです。恋心を人があれこれ批判することはできないでしょう？　それは自然に芽生えてしまうものですから。奥さんだって私を批判するために家までいらしたわけではないですよね？

時々、あれは雨のせいだったんではないかと思うんです。私はずぶ濡《ぬ》れで彼のところへ行きました。薄手のブラウスは体に張りつき、髪の毛からは雨が流れ落ち、ズボンからは水が滴っていました。私はヘビの前で射すくめられた小鳥みたいに無防備で立っていました。寒さに震え、恐怖におののく獲物。彼は飛びついて捕まえ、食べることも、噛《か》み砕くことも、なんでもしたいことができたはずなんです。あとになって彼ったら「あのときすごいセックスアピールを君に感じた」って言ってました。あ、ごめんなさい。こんな言葉を使って。私ってこんな言い方をしてしまうんです。

彼が何をしたかですって？　あの日は何もしませんでした。だれかにタオルを持って来させて私が拭くのを待っていました。私が一息つくまで待って、コニャックまで勧めてくれた。寒さを吹き飛ばすためだよ、と彼は言ったわ。とっても紳士的だった。深い仲になったのは、その翌日。私がジーニョの写真を二枚持って、また彼のところへ行ったときのことでした。写真はパスポートを作るのに必要なんですって。彼は写真をテーブルの上に放ると別の部屋に私を連れて行きました。すぐ隣りの控えの間のようなところで、ベッドとトイレがついていた。そこで彼は何も言わずにワンピースをたくし上げ、私をきつく抱きしめた。私はそのまま身を委せました。

私がそれを望んでいたかどうかですって？　そうだと思うわ。確かにそれを予想していたし、そのつもりで用意をして行きました。美容院に行き、胸元の広く開いたふわっとしたドレスを着て行った。最初の日の彼の目つきに気づいていたし。それにもし拒んだからってどうなるの？　どうにもなりはしない。あの家に足を踏み入れた以上、もう引き返すことは出来ないわ。彼はものすごい権力を手にして、できないことは何ひとつない男。そういう男に惹《ひ》かれない女がいるかしら？　それにパスポートがかかっているんですもの。

でもね、大事なのは私たちが熱烈に愛し合うようになったことなんです。そうなったら悪者だろうが、既婚者だろうが、何だろうがそんなことは全然問題じゃなくなる。奥さんがそんな恋を経験なさったことがあるかどうか知らないけれど、恋は抑えようとするとよけい激しくなる。病気みたいになる。我を忘れさせる。恋と愛は同じだなんて思っていらっしゃらないでしょうね？　恋は狂気、恋は盲目、恋は分別を完全に失わせてしまうもの。まるで彼に催眠術をかけられてしまったみたいなんです。だって皆が怪物だっていう男と一緒にいるなんて、そうでなければ考えられないでしょう？

Ⅱ

皆が彼のことをどう言っているかは知っています。奥さんに教えてもらう必要はありません。なんで彼のところなんかに行ったのか、ですって？　今日、奥さんがここに来られたのとまるっきり同じ理由です。頼み事があって行ったんです。懇願しに行ったんです。弟を救うことができる人物は彼だけだとわかっていましたから。その前にやれることはすべてやったんですよ。私は弁護士です。影響力のある人たちも知っています。でもどうしようもありませんでした。ジーニョは亡命先で厄介ごとに巻き込まれてしまいました。逃げなくてはいけなかったんです。でもパスポートを持っていなかった。他の国の通行許可書をまず手に入れて、それからこちらに入るという方法まで考えました。でも、この方法だと、もし捕まったら翌日には死体で発見されるか、誰もわからないような方法で消されてしまう危険があります。

彼だけが弟を救える。ある重要人物からそう聞きました。弁護士で、最高裁に移るまで私が一緒に働いていた人です。その後退職しましたが。一緒に働いていた、というのはものの言いようで、土地に厄介な問題が起きたり、お金が必要で売りたがっているような農場主を私が見つけ出し、その弁護士がその土地を安く買い叩《たた》く、ということをやっていたんです。弁護士はここの電話番号をくれて、自分の紹介だと言って電話すればよい、と言ってくれました。そしたら、奥さん、信じられます？　すぐに電話に出てくれたんですよ。最初の呼び出し音が鳴り終わる前に。それは私が今でも使っている番号です。一種のホットラインのようなもので、それを知っているのは私と上層部の数人だけしかいません。

私は彼をボスと呼び、彼は私をスイートハートと呼びます。私にパスポートを渡してくれた日に初めて私をスイートハートと呼びました。彼はこう言ったわ。「スイートハート、これを弟に届けなさい。もうそのことは二度と口にしないこと。二人ともそのことは一切話さないことにしよう」って。時々、その最中に私をベイビーと呼ぶこともある。ベッドの中ではそれでもOKよ。でも外ではダメ。ベイビーなんて言われる人間ではないですもの。私は自立した女性で職業も持っている。スイートハートならいいわ。愛情がこもった表現ですもの。

Ⅲ

私たちはこういう取り決めをしています。彼は私がなにをしているか訊《き》かない、私も彼がなにをしているか訊《き》かないって。私が何も訊《き》かないというわけではなくて、もうちょっと複雑なんです。男と女の仲は厄介なものですものね。そうでしょう？　あるとき、朝、新聞をめくりながら、なにげなく一人の名前を口にしてみました。それで彼の反応を見たんです。彼も「なにげなく」言っているのではないとわかっていた。とっても鋭い人だから。でもなにも知らないような顔をしていました。同じことをもう二回くらいしてみました。彼は私を喜ばすためにこのゲームをすることを認めました。私を喜ばすためならなんでもしてくれるんです。彼は真正面からではなく、さりげなく答えるようにしていました。私もやたらと訊《たず》ねたりはしません。ほんの数回だけです。ちゃんと答えてくれなくても、予想がつくようになりました。もし「その名前はもう忘れたほうがいい」というようなことを彼が言うときはもう最悪の事態が起こった、ということ。一回だけ違う反応を見せたことがあります。「まったく、新聞は何もわかっていないな。この過激派の女の子は名前を変えてずっと遠くにいるよ」って。その言い方で私は彼自身がその子を助けたんじゃないかと思いました。ちょっと自慢気な様子だったし。

まあ、まあ、落ち着いて。もうすぐ肝心なお話をしますから。どういうことか、まずご説明しておかないと。とってもむずかしいことで……とってもデリケートな話なんです。私もそうしてきたんですから、奥さんも理解するようつとめてください。先週の金曜日、前のようにやってみました。まるで新聞を読んでいるようにして息子さんの名前を声に出してみました。それでどうなったと思います？　名前を聞いただけで、彼、はっと緊張しました。かっとなって爆発するんじゃないかと思ったくらい。彼はすごい真面目な顔で私の顔を見つめました。コーヒーカップを手に持ったまま数秒間固まっていました。まるで何を言おうか考えているように、まるで心を落ち着けようとしているように。私、こういうふうに起こったことをそっくりそのまま、ゆっくりお話しているんです。私がどう感じたかを奥さんも感じられるように。彼は言いました。「スイートハート、忘れなさい。その名前をもう二度と口にしてはいけない。ここでも外でも」と。そこで私にはわかりました。奥さんもおわかりになったでしょう？　息子さんは死んで、もうこの世にはいません。死んでしまいました。ごめんなさい。でもそうなんです。息子さんは死んじゃったんです。ああ、なんてことでしょう！

Ⅳ

さあ、もうちょっとお水をどうぞ。そう、少し落ち着いたでしょう？　いいえ、私には子どもはいません。でも奥さんのお気持ちはわかります。だってジーニョは私にとって弟というよりは子どもみたいなもの。だからこそジーニョのためにこんな危険を冒したんです。弟のことをジーニョって呼ぶのは私の赤ちゃんみたいだったから。私たち五人兄弟で、私一人だけ女です。私が十二歳のときひょっこりジーニョが生まれました。他の兄弟たちはもうすっかり大きくなっていました。母は産後の鬱で世話をしなかったものだから、赤ん坊はもう少しで死ぬところでした。赤ん坊を助けたのは私なんです。兄さんたちは社会人になっていて仕事にかかりきり。私はジーニョを自分の子どものように育てました。まだ胸もふくらんでいなかったから、おっぱいをあげることはできなかったけど、母親みたいなものでした。本当の意味での母親です。これからもずっとそうだわ。それなのに今は私と口を利こうともしない……。まるで悪い病気を持っているみたいに私を拒絶するんです。弟も私の家族もです。母だけが私と話してくれます。母親たちはわかっていますからね。他の人たちとは違います。母は私がジーニョを取り戻したと知っています。パスポートがなかったからその国から出られず、殺されるところだったジーニョの命を救ったのは私だと知っています。弟のために私の人生はこんなことになってしまったのに、弟は私を拒絶するんです。

V

こうなることは想像してなかったのか、ですって？　そんな予感はありました。危険で引き返せない道だと感じてはいました。でも考えている暇もなかった。あの雨の夕方、最初の呼び出し音で彼が電話に出てくれたとき、私の心臓は口から飛び出しそうでした。紹介してくれた友人の弁護士は「くどくど回り道せず、すぐに本題に入りなさい」と忠告してくれて、私はその通りにしました。彼は「今、どこにいる？」と訊《たず》ね、私は「今、外です。フィットネスクラブから出てきたところで公衆電話からかけています」と答えた。彼は「すぐにここへ来られるか？」と尋ねた。そう、これはテストなのです。私は弁護士だからどういうことかわかっていました。私も何度もこういう質問をしました。依頼者が本当に真剣か、なんでもするつもりがあるかを試すのです。これはテストで、ここで飛びつくかあきらめるかのどっちかだとわかっていました。だから、引き返すことのできない道だという予感を感じながらも十分考える時間がないまま、「伺います。住所を教えていただければ参ります」と答えました。もちろん住所は知っていました。わざわざ尋ねたのは、着いたとき「だれだれさんに会いに来ました、アポイントは取ってあります」と言えるための保証のようなものです。あの建物のことはだれでも知っています。はるか遠くから一目見るだけで恐怖を呼び起こす建物ですから。

VI

彼のせいで自殺した神父がいるという話は知っています。詳しくは知らないけれど、知っていることだけでも気分が悪くなります。その話を読みました。なんて言ったって私の彼氏なんですから、できる限り、彼のことが出ている記事は読むようにしています。その話のことは口に出しません。そういう約束ですから。でも私は知りたい。知って、どういうことかわかりたいのです。私に対してこんなに優しい人が他人にはどうしてそんなに酷いことができるのか……。私だって聖女ってわけではないから、うまいこと利を得られるならそうするでしょう。でも、彼がそこまで残酷なことをするなんて……奥さんに打ち明けてお話しますが、私、ずっとしまいました。その記事を読んだときはパニックになってしまいました。

あるとき彼は言いました。「これは戦争だ。戦争では自分が相手を殺すか、そうでなければ自分が殺される」と。彼は「神父は政治に首を突っ込むべきではない」と言います。私もそう思う。ただ、パラナ州にいたころからの「神父は神に仕える人だ」という尊敬の念が私にはあります。小さいころから、私はたくさんお祈りをしてきました。ジーニョはひ弱な子でいつも病気がちでした。「どうぞ治してください」といつもお祈りしました。助けてと言える人がだれもいなかったから、神様にお祈りしていました。

あるとき彼は言いました。「政治に口を出す神父は神父ではない。テロリストだ」と。そのとき、彼は神父を憎んでいると気づきました。好きでない、というのと憎むのとでは大違いです。「神父」という言葉を口にするとき吐き出すように言いました。人が変わったように激して鼻が赤くなっていました。「神父なんて皆すけべえさ」と言ったこともありました。なにも訊《たず》ねませんでしたが、子どものころミサの侍者をしていて神父のだれかに性的ないたずらをされていたんじゃないかという印象を受けました。彼がミサの侍者をしていたのは知っています。写真を見ましたから。

ドミニコ派の修道僧たちが捕まった日には、彼は大喜びしていました。ラパ地区にあるレストランを借り切って、チーム全員が飲み食いしてお祝いしたんですって。まるで肩の荷を下ろしたみたいに晴れ晴れと明るい彼をそのとき初めて見ました。レストランでの大騒ぎのことは電話で打ち合わせしていたのを聞いて知っているのです。あの晩、彼は夜遅く来て、猛獣みたいに私を押し倒しました。最初の日の恐怖が蘇《よみがえ》ったのは今まででその晩たった一回だけでした。つらい夜でした。心臓がどきどきして破裂しそうでした。拷問され、絞め殺されようとしているのは神父ではなく私ではないかって思う一瞬もありました。翌朝目が覚めたとき、彼はもう出かけたあとでした。午前中ずっと考え込んでいました。私には話を聞いてもらえる人が誰もいません。兄弟たちさえ私を見捨てました。そのとき私は気づいたんです。一匹狼《おおかみ》の彼と同じように、私も群れから離れた一匹のけものになってしまった、と。家族もなく、友だちもなく、近所の人たちからは蔑まされ、最低のあばずれ女みたいに忌み嫌われる女になってしまった、と。私と彼と二人っきり、孤立しているのです。だからこそ、私は奥さんのような方たちをこの家にお迎えしているのだと思います。私に何かできるからではありません。同情心だけでもありません。こうすることで、私も人間だと感じることができるのです。たとえ最悪の知らせをお伝えしなくてはならない場合であっても。

VII

彼はサディストか、ですって? 私にはそうではありません。一度も。神父たちを捕まえたあの晩でさえ、そうではありませんでした。独占欲は強いけれど、でもサディスティックではありません。強いのはコミュニストへの憎悪です。それは確か。憎悪と軽蔑ですね。時々立ち聞きする電話の会話を聞いているとわかります。コミュニストであればやりたい放題です。何をしてもよいという権限を持っていて、まるでゴキブリみたいに叩《たた》き潰します。ただ、簡単には屈しない勇敢な人は多少評価するみたいですけど。私が思うには、あの神父がちゃんと抵抗しなかったのが問題だったのではないかしら？　もっとも神父なんだから、どっちみちどうなるかは決まっていたでしょうけれど。

彼はコミュニストより神父をもっと憎んでいる。信じられます？　神父嫌いは彼の個人的なもの。でもコミュニスト嫌いは別です。それはあとから叩《たた》き込まれたこと、彼の使命だと私は思います。彼は何がなんでもコミュニストを根絶しなくてはいけない。他の告発から免れるという条件でそういう協定を彼は軍部と結んだ。軍部がそういう脅しを彼にかけたんです。

ね、考えてみてください。別に彼を擁護しているわけでも正当化しているわけでもありません。とんでもないわ。でも、奥さん、このコミュニストたちが皆聖人だと思います？　ご存じないでしょうけれど、彼は反体制グループの全部に情報提供者を持っているんです。警察が潜入しているのではなく、グループを裏切ったコミュニスト、「犬」なんです。彼は「犬ども」って呼んでいる。電話口で時々聞くわ。「犬を呼べ。犬と待ち合わせしろ」って。

ある日私は新聞を読んでいて、子どもの歌を作っていたミュージシャンが軍部に捕まったという記事の話をしました。すると彼は言ったわ。「そいつはどうしようもなく意気地のない奴だった。タバコをつける必要もなかったさ。『息子を連れて来ようか？』と言っただけで奴は五十人以上の名前をべらべらしゃべった。関係のあるやつもないやつも皆売り渡したんだぞ」って。

タバコを押しつけるとか、息子もしょっぴいてくると脅して拷問をしていることを認めたのはそのとき一回だけだった。とんでもないことだわ。こういうことは私、大嫌いなんです。自分の汚い仕事のことを家で話題にしないという私たちの協定を彼が破ったのは、このとき一回きりでした。

Ⅷ

私たちのことはだれにも知らせない秘密。これが私たちの取り決めでした。彼は既婚者。私は私で付き合った人もいるし、彼もいろいろある。だれにも首を突っ込んでほしくない。私はだれにも知られたくありませんでした。特にジーニョには。二日目には私はそうして、と彼に頼み、彼も同意しました。前の道はレストランやバーがひしめいていて明け方まで人通りが多い。人に知られず行き来が可能です。それに奥さんもこの建物の入口をご覧になったでしょう？　階段をちょっと降りたら、もうそのまま入れます。受付を通る必要もなにもありません。彼はほとんど毎晩来ます。身体に麻痺《まひ》がある自分の奥様には仕事だと言っているようです。時間は不規則で、いつも偽造プレートの車で来ます。一つ手前かひとつ先の角で車から降りてくるみたい。秘密にしているからだけでなく、警備のためもあるのです。マリゲーラが死んでからはそれほどではなく、彼もだいぶ気を許したみたいだけれど、以前はとても厳重だったのです。彼自身が私に「君の電話は盗聴されているが、それは安全のためだ」と知らせてくれました。護衛が来ることもありました。彼が来るちょっと前とか帰るちょっと前などに、護衛が一人やってきて通りの反対側で見張っていました。彼は帰る前に必ず電話をしていました。

彼はここでは絶対電話に出ないことに私たちは決めていました。必ず私が出て、必要なら彼に回すようにしています。合い言葉があるのです。最初のうちは「ボスと話したい」でした。その後「上司と話したい」に代わりました。電話できるのはほんのわずかな人たちで、それも緊急のときだけです。ところがあるとき国際電話がかかってきました。「署長をお願いします。緊急です」と言われて私は彼に受話器を渡しました。合い言葉は言わなかったけれど、国際電話だったし、緊急ですと言ったから渡したんです。でも緊急でもなんでもなかった。コミュニストたちの策略でした。彼がここに通っているという噂《うわさ》を聞いて確認したかったのね。そのことがあってから、ジーニョは私を避けるようになりました。私の家族も、数少ない友人たちも離れて行きました。私が一番悲しいのはジーニョに拒絶されたこと。あの国際電話はジーニョが確かめたくてやったことだと思います。今はもう彼とのことは秘密でもなんでもなく、彼も私と同じように電話をとります。その代り、警備はまた前のように厳重になりました。

IX

私の話なんか奥さんには興味がないとわかっています。いいんですよ、困った顔をなさることはありません。私に感謝してくださる必要もありません。ただ、私は悪い知らせをお伝えしなくてはならないので気が滅入っているだけなんです。でも、奥さんにはもうわかっていたのでしょう？　皆わかっているんです。ほんの一筋の希望はあるというふりをしているだけなのですよね？　あるいはなにかしていないと、捜し続けたり、自分をだまし続けていないといけないように感じていらっしゃるのかもしれない。お話したように、私を訪ねてくるのは奥さんが初めてではありません。それがどんなに重要なことかよくわかります。はっきり申しましょう。私のようなもの、あの怪物の愛人を訪ねて話を聞くということは、他の人たちを訪ねるのとは全然違います。つまり、軍事独裁体制を標榜《ひょうぼう》しているけど自分の手を汚そうとはしない高名な将軍を訪ねたり、政府と親しい人物に当たったり、命令に従うだけの看守に会いに行くのとは全然違います。私のようなもののところまで来るというのは、手の限りを尽くしたという証明になるのです。こんな人のところまで話を聞きに行った、と。私は幻想は持っていません。私のことを相変わらず恥知らずだと思っていらっしゃることはわかっています。奥さんは「身売りした女のところまで探して会いに行った」と言える、まさにそのためにここにいらしているのです。私自身だって、ジーニョを取り戻すためにやったことです。胸が大きく開いたふわっとしたワンピースで行ったんですから。こうしてすべてが始まったんです。

私もまたあなた方が必要なのです。私が巻き込まれたこの厄介ごとの埋め合わせをしてもらうために。だから、奥さんは私にお礼を言ってくださる必要はありません。お礼を言いたいのは私のほうなのですから。

X

私が恋に落ちたことはもちろん私の落ち度ではありません。恋したことで落ち度を指摘される人などいるはずがありません。そうですよね。やっと意見が一致しました。今までは同じ母親同士としての話し合いでしたけれど、これからは女同士として話をしましょうよ。女性は恋心を否定したときだけ非難されます。罪は恋することではありません。罪はそれを否定することです。それは自分自身に対する罪です。女性にとっても男性にとっても同じことです。そうですよね？　これから奥さんに私の秘密をお話しします。時々、彼とのベッドの中でほんの一瞬ですけど、私は別の女だと想像してみます。別の、というのは留置所で集団暴行されている女囚のことです。そう考えると背筋に冷たいものが走ります。こんなこと誰にも話したことはありません。神父様にも。

教会で告解をするのはだいぶ前にやめました。お話した通り、パラナ州にいた小さなときから、私は熱心なカトリック信者でした。天国にいる父もそうでした。でも弁護士になって考え方がすごく変わりました。神父たちを信用しなくなったのです。彼が神父を軽蔑する気持ちがわかるようになりました。彼と暮らすようになってから、あるとき教会に懺悔に行きました。私も彼も互いに本気で愛し合っていることが確実になったとき、恐ろしくなって告解の神父に全部話したんです。彼と一緒にいることと、その彼についてどんなにひどい噂《うわさ》があるかということを。で、神父がなんと言ったと思います？「婚姻外の関係を結ぶのは罪だが、神は許してくださいます」ですって！ ええっ？ 神父にとって罪とはそのことなの？ それ以外のことは？ 殺害したり拷問したりは罪ではないの？ そういうことをやっている人と寝るのは罪の中で生きていることにはならないの？ 次のときには神父は「今起こっていることはすべて神のご計画の中にあります」って言いました。それで、もう告解に行くのはやめました。

XI

彼と別れようと考えたことはもちろんあります。前は毎日それを考えていました。情熱が消えたわけではありません。まだ続いている。問題はこの恋のために私が払う犠牲が大き過ぎるということ。でも、別れると言ったって、どうやって？ 別れたいと言ったときにどんなことが起こるかわからない恐怖もある。最初の日の恐怖は「他人に対して生殺与奪の権利を持っている男、特にジーニョに何をするかわからない、非情で残酷な男」に対するものすごい恐怖でした。今はそれに加えて彼の嫉妬に対する恐怖があります。女に捨てられた男の激怒です。どんなに多くの男たちが嫉妬に駆られて女を殺したことでしょう。女に別の男ができたわけではない場合でも、です。ましてそういう状況になったのが彼だったら？と考えてみてください。それで、今は、別れたところでなんにもならないと考えています。兄弟たちから毛嫌いされ、甥《おい》や姪《めい》と会わせてもらえない。パラナ州で家畜に焼き印を押していたように、額に焼き鏝《ごて》を押されているようなもの。このしるしは永遠に消えることはないでしょう。奥さんが悲しみを死ぬまで抱き続けるのと同じように、私はこのしるしを死ぬまで身に負い続けるでしょう。

私にひとつだけ慰めがあるとすれば、それはジーニョを救うことができたこと。でも奥さんは息子さんを救えなかった、それが悲しい。とっても悲しいです。そんなことになる必要はなかったのに。奥さんを戸口までお送りしましょう。いいえ、どうぞお礼を言わないでください。お礼を言いたいのは私のほうなのですから……。

十九　想い出

写真は手紙やネガと一緒に乱雑に入っていた。病院の処方箋の束もある。Kがその青い箱を見つけたのはほんの偶然だった。箱と全く同じ色、同じ色調のイディッシュ語の百科事典の後ろにあったのだ。まるでKだけが見つけられるように娘がわざとそこに置いたように思える。それとも誰にも見つからないように隠しただけだったのだろうか？

Kは写真を一枚一枚見ていく。すると考えたこともないような場所や状況で撮られた写真が出て来た。娘の生活について何も知らなかった、今も何も知らないじゃないか、とKはあらためて思う。仕事場で実験用の白衣を着ている写真は簡単に想像がつくし、Kもよく知っている二人の女友だちと一緒の写真も問題ない。だが、それ以外にびっくりするような写真がたくさん出て来た。

そのうちの一枚は娘が馬に乗っている写真。一体どこの農場か牧場にいるのだろう？　もうひとつの写真ではダンスの輪の中で娘がくるりと回って踊っている。Kは写真を一枚ずつ取り上げ、娘の人生の一片、かけがえのない残影をじっくり眺め、観察していく。広場の真ん中にある円形の小さな音楽堂の横に娘が立っている写真がある。これはどこの田舎町だろうと一生懸命考えるが思い当たらない。

　時空を超えた過去の断片を眺めながら、あの娘《こ》はなんてか弱い存在だったのだろうとKは今にして思う。写真がこんなにも強い感情を呼び起こせるなんて、今まで考えたことがなかった。まるで物語を語り出しているような写真もある。プーシキンやショーレム・アレイヒム（1）のような偉大な作家たちが言葉の力によってのみ紡ぎ出せると思っていたような物語を語っている。写真なんて、ある出来事を記録するもの、そのことが起こった事実を証明するもの、あるいは肖像画、記録にすぎないとKは思っていた。ところが、娘の繊細さや感受性がにじみ出ているような写真がここにある。娘の魂を掴《つか》んで、ほらと見せてくれているようだ。死んだ娘の写真から、なにか娘の幻影のようなものが立ち現れるのを感じ、ぞくっと身震いをした。

　写真の数は多くはない。子どものときの写真は一枚しかなかった。子ども用の馬車の中で下の兄の横に座っている。たぶん彼女が五、六歳、次男が十歳か十一歳のときのものだろう。息子はこの馬車に乗るには大き過ぎるように見える。とても楽しそうだ。遊園地だろうか？　それともルス公園（2）だろうか？

　すぐに思い出した。たしかにルス公園だ。自分が二人を遊びに連れて行ったのだ。鯉《こい》を見ようと娘がかがんだとき、息子が後ろから押して娘を池に落っことした。娘がいやがったこういう悪ふざけは二人の間ではいつものことだった。馬車の写真は街頭写真屋に撮ってもらった。

Kはカメラの扱いが今も昔も苦手なのだ。

箱の中にはKが前から持っている二枚の写真も入っていた。一枚は大学の卒業式のときの記念写真で、誇らしげだがつつましい表情を見せている。わずかに斜めから撮っているので、彫りの深い横顔と凛《りん》としたまなざしが際立っている。もう一枚はベッドかソファの端に座っている写真で、顔はやせ細り、うすい唇は固く閉ざされ、そのまなざしには言いようのない苦悩があふれている。とても同じ人の写真とは思えない。二枚を比べて、Kははっきりそう思った。

失踪届を出すときにKはこの二枚の写真を警察に持って行った。その後、リオデジャネイロの例の医師のところにも持って行った。この医師というのは拷問に立ち会っていた医師で、拷問されていた人々が政治的失踪者になっているかどうかを写真で確認すると申し出た人物だ。なぜそんな申し出をしたか理由はわからない。人間とも思えない、善悪の概念を持たないタイプだと思われるから、良心の呵責《かしゃく》に耐えかねたということもないだろうが……。医師の役割は、拷問執行人が聞き出したいことを話す前に囚人が死んでしまうのを防ぐことだった。この医師に会いに行くときにはKは娘の夫のたった一枚の写真も持って行った。婿の家族に頼んでもらってきたものだ。青い箱の中を探して、Kは娘と婿がいっしょに写っている写真を初めて見つけた。

Kは例の医師と会った時のこと、部屋に入ったときの抑えようもない嫌悪感を頭の中でもう一度思い返してみた。娘の卒業記念写真を見せると医師は即座に否定した。見たことがないと言う。二枚目の苦悩をにじませた顔の写真に対しても医師は否定したが、Kは医師が一瞬ためらうのを感じた。そのあと夫の写真を見ても医師は否定をくり返したが、このときKははっきりと医師に困惑の表情を読み取った。だからもう一回写真を全部見せたのだが、医師は二人とも見たことはないとくり返すだけだった。Kはフラストレーションを抱え、暗い気もちでサンパウロへ戻った。医師は何かを知っているのに教えてくれなかった。何かとても酷いことなのだろう。訊《き》き出せなかったのは失敗だった、と悔いが残る。

Kは残りの写真を一枚一枚ゆっくり眺めていく。髪型や服装を詳しく見て、写真に封じ込められたその瞬間はいつだったのだろう、どこだったのだろうと想像し、答えをみつけようとする。Kの気もちはますます沈んでいった。母親や父親や上の兄と一緒にいる娘の写真は一枚もない。まるで父親も母親もなく、兄が一人だけいるみたいではないか……。

長男のことは娘はたしかにほとんど知らない。生まれたころ長男は親への反抗心から家にほとんど寄りつかなかったからだ。そして娘が九歳のとき、イスラエルのキブツで生活するために出発した。

母親と一緒の写真がないのは、妻がずっと無気力症だったからだ。娘は大戦の真っただ中で生まれ、母親はポーランドにいる自分の一家が虐殺されたとの噂《うわさ》におびえていた。さらに悪いことに、虐殺が本当だったとわかって心身共に打ちのめされた母親の元で、娘は成長したのだ。

Kは自分と娘が一緒に写っている写真が一枚もないことに驚き、がっかりした。娘は自分のお気に入りだったし、毎日学校に送って行ったし、お姫様のように大切にしてかわいがっていたのに。そこでKは娘のアルバムをまったく作らなかったことに気がついた。普通の家は家族のアルバムを作るものだ。だが、Kの家ではそれをしていなかった。

長男のアルバムは妻が完璧に作っていた。赤ん坊のときから結婚式まで、その後はイスラエルのキブツにいたときの痩せた写真、それから孫娘たちの写真、となる。次男のは、その頃は当然のようにどこの家でも作った写真――赤ちゃんの色々な表情の顔写真を十枚ほど組み合わせたもの――がある。その写真は立派な額におさまっているが、アルバムはない。娘となるとまったくゼロ。額もなければアルバムもない。母親が娘を不器量だと思っていたことをKは知っていた。アルバムがないのはきっとそのせいだと思う。だがKは娘を不器量だなんて全く思わなかった。思わなかったが、それでもアルバムを作ろうとはしなかった。

Kはヨーロッパからアルバムを持ってきていた。セピア色にくぐもった写真が貼ってあり、なにやら魔力が立ち上るような気がしてくるアルバムだ。両親の写真、ベニ伯父さんの写真。このベニ伯父さんはその後赤軍に入って戦った。ベルリンにいた兄弟たちの写真。住んでいたヴウォツワヴェク市の古い家の写真。それに文学関係の友人たちの写真が何枚もある。ワルシャワでグループ全員が集まって撮った写真だ。まだ若かったKが有名人たちと一緒に写っている。一番自慢に思っているのは偉大な作家ジョーゼフ・オパトシュ(3)の隣にいる写真だ。あのアルバムの何も貼っていなかった最後の二枚に妻が息子たちの写真を貼ったことを思い出した。

せいぜい二、三枚だ。それと初孫の写真も。だが、娘の写真は一枚も貼ってない。

Ｋはパラチで撮られた一連の写真に特に心をひかれた。写真の裏に一九六六年と書かれている。このときの写真にもいくらかのか弱さが表れているものの、完全に成熟した女性、良い人生を送っている人間の穏やかな顔立ちが見てとれる。髪の毛は後ろで控えめにまとめて垂らしている。どの写真からも優美さが感じられる。

その八年後に悲劇が起こった。Ｋは数葉のスナップ写真の中からどれが娘の最後の姿だったろうかと考える。警察や例の医者に持って行った、あの悲しみに沈んだ顔の写真をふたたび手に取る。同じときに同じ場所で撮られたと思われる写真が四枚出てきた。ベッドかソファの端に座り、花柄の軽やかなブラウスをまとい、救いのない切迫したまなざしで憔悴《しょうすい》しきった顔をしている。Ｋは確信した。このとき娘はすでに最悪の事態を予感していた、と。

Ｋは青い箱のふたを閉め、見つけた場所に戻した。そして考える。リオのあの医者のところへ娘の写真をアルバムごと持って行っていたら、誕生から失踪の直前までの人生のすべてがわかる写真を持って行ったなら、彼女を丸ごと見せていたら、もしかしたら彼女を見たことを思い出し、何が彼女の身に起こったかを教えてくれたかも知れない。だが彼は娘の写真のアルバムを持っていない。文学への関心や新聞に書く文章のことで頭が一杯で、娘のアルバムを作ろうなどとは思いも浮かばなかった……。

（1）Sholem Aleichem（一八五九―一九一六）ウクライナ出身のイディッシュ語劇作家、小説家。『牛乳屋テヴィエ』（「屋根の上のバイオリン弾き」の原作）の作者。

（2）サンパウロ市北部の公園。ユダヤ人集住地区であるボン・ヘチーロの近くにある。

（3）Joseph Opatoshu（一八八六―一九五四）ポーランド出身のイディッシュ語小説家。一九〇七年以後はアメリカに定住。『馬泥棒』『ポーランドの森』『孤独』など著作多数。

二十　カウンセリング

端正な目鼻立ちだが顔には表情がない。唇は薄く、小さな目はどんよりと曇っている。服装は平凡で、ブラウスと灰色のスカートという会社の制服のようなもの。黒くて柔らかそうな髪の毛を短くカットしている。背は低くがっちりした体格。両手をすり合わせ、床に目を落としたまま、カウンセリングの部屋におずおずと入ってきた。カウンセラーの女性は問診票をチェックし、腰かけるように勧める。

「ジェズイーナ・ゴンザーガさん、二十二歳。不眠症で幻覚があり、治療のための療養休暇許可が必要、と書いてある。そうなのね？　幻覚のことでここに来たの？」

「上から行けって言われたんだ。そこにあるよね？　会社からの手紙。すごく混乱しちゃって仕事ができなくなるって」

「そうね、ウルトラガス会社の診療所の医師はそう書いているわ。ジェズイーナ、あなたはどんな仕事をしているの？」

「掃除婦。前は社員食堂の調理場だった。だけど、あそこは皆が大声を張り上げてる。それでどこか別のところへかえて、と頼んだんだ。掃除婦でもかまわないからって。でも掃除をしていても、ほんのちょっとのことでナーバスになっちまう。身体は震え出すし、力が抜けて、どっかに寄りかからなくちゃいけない。ゴミがたくさんあるのを見るだけでもそんなふうになっちゃって……」

「会社が解雇しないのは、よほどあなたを気に入っているのでしょうね？　そうじゃないこと、ジェズイーナ？　ひとつ教えてちょうだい。採用が決まったとき健康診断を受けました？　それとも入社してから具合が悪くなったのかしら？」

「健康診断なんか全然受けてない。首には絶対しないって言われたし。心配することはないって。それで療養休暇をとるっていうアイデアが浮かんだみたい。障害で退職して年金をもらうというのも考えてくれたみたいだけど、そのためにはまず療養休暇をとる必要があるんだって。会社の人はいやな人たちで、なんだか隠し事ばかり。でもあたしにはとても良くしてくれる。あたしをこの会社に入れたのは、ずっと上の大物だもんだから……」

カウンセラーはもう一回書類を見た。掃除婦のような下っ端の仕事の場合は、健康診断なしで雇用することはよくある。よけいな問題を避けるために派遣会社を使ったりすることもある。でもこの娘は大物の紹介だと言った。もしかして重役の愛人なのかしら？　ちっとも美人ではないけれど。それとも重役のだれかの隠し子とか？　好奇心を持ったカウンセラーは彼女にもっと話をさせようとする。

「それで、どうしたいの？　退職して年金をもらいたいの？」

「働かないでお金をもらえるのはいいに決まってる。でも、本当は治りたい。他の人たちのように元気になりたい。……頭の中ですごくうるさい音がするんだ。頭からそれを追っ払いたいんだけど、それができない。恋愛もしたいし、いろいろ楽しんだりしたいと思う。でも仕事仲間の女の子たちも、もうあたしを誘ってくれなくなった。あんたといてもつまんない、いつも落ち込んでいるんだもん、て」

　カウンセラーは気の毒に思った。この娘《こ》、うちの娘《こ》と同い年だわ……。

「上司に言われてここに来る前に、なにか治療法がないか、やってみたことはあるの？」

「眠るための錠剤を飲んだよ。会社のお医者さんが処方箋を出してくれて。処方箋がないと買えない薬なんだ。でも、だんだん効かなくなってきた」

　患者は数秒ためらったが、覚悟ができたかのように再び話し始めた。

「話さなかったことが一つあるんだ。ナーバスになると出血するんだよね。あのときのように。上の人にちょっと怒られたり、誰かが大きな声を上げたり、なんかでナーバスになると出血してしまう。それでよけいあたしを働かせておくわけにはいかなくなったんだ。会社に入る前も時々出血してた。でも入ってから、ずっとひどくなった。前はすごく不安になったときや、ものすごく恐ろしかったときだけだった。でも今はほんのちょっとしたことでもすぐ出血する。だからまるであのときのように、年がら年中その用意をしていなくちゃいけない……」

カウンセラーは書類に目を通しているふりをしながら、何気ない感じでたずねた。

「ジェズイーナ、あなたを会社に入れたという大物って、だれなの?」

若い女は目を伏せ、答えない。カウンセラーは問いをくり返した。今度は患者の目をしっかり見すえている。だが、彼女は黙ったままだ。

「ジェズイーナ、私は医者であって、あなたの上司ではありません。ここは会社の中でもない。ここは公的医療機関よ。雇用主はいないし、私は誰にも報告する義務はない。ただ、あなたがちゃんと打ち明けてくれないと、私は何もしてあげられないの。話しにくいことがあるのはわかるわ。でも、努力してくれないと……。ねえ、ジェズイーナ、頭から振り払いたいという騒音はなんなの? 何をあなたは頭からなくしたいの?」

若い女は沈黙を続ける。肩を落とし、あいかわらず床に目を落としたままだ。

「会社の上司たちが病気による退職年金のことまで考えたということは、本当にあなたは具合が良くないということだわ。あなたも言う通り病気にちがいないわ。まだ二十二歳なんですもの……」

ジェズイーナはあいかわらず口を開かない。カウンセラーは、いらだって声を荒げないように気をつけながら言葉を続ける。

「問題はね、ここは公共の機関だっていうことなの。お金を払う患者さんたちを優遇して、あなたには冷たくするというわけではないのよ。でもここには診療を待つ人たちの行列ができていて、もしあなたが協力してくれないのなら、つまり、もし話をしてくれないのなら、この時間を他の患者さんに回さなくてはならないの。眠るための薬と鬱病のための薬の処方箋を書いて、半年後にまたいらっしゃい、と言えばそれですむのだけど。でも本当にそれでいいの？」

　ジェズイーナはちょっとためらいを見せた。だが、それでも答えない。

「ジェズイーナ、本当にそれでいいのね？」

　ついに彼女は口を開いた。だがその声は消え入るようでほとんど聞こえず、とってもゆっくりした話し方だった。

「……あたしに仕事を世話してくれたのは、警察の人。……フレウリー長官」

「フレウリーって、あの〈死の部隊〉[1]の？　あの人のことを言っているの、ジェズイーナ？　セルジオ・パラーニョス・フレウリーのこと？」

　カウンセラーはびっくり仰天してイスから腰を上げる。患者を脅かさないよう、まっすぐ立ち上がらないうちにまたゆっくりと腰をおろした。危険なことに首を突っ込んでしまったのではないかと恐ろしくなる。だが好奇心が恐怖心に勝っていた。この娘が言っていることは本当なのだろうか？

「そう、その人。そのフレウリーのところで働いていた。すっかり終わってあの家が閉められたとき、フレウリーがこの仕事を世話してくれた。会社の社長、外国人でアルベルトという人だったけど、その社長と親しかったんだ。アルベルト社長はテロリストに殺された後だったけど、フレウリーは他の重役たちに話してくれた。それであたしは雇われたってわけ」

カウンセラーは驚きをなんとか隠そうとして質問を続ける。

「フレウリーのところで働いていたと言ったけど、どういうことなのかしら？　……幻覚というのはそのことと関係あるの？」

娘は打ち明けることに心を決めたようだ。細々とではあるが、きちんと話し始めた。

「とてもややっこしい話なんで、はじめからきちんと話さないとね。フレウリーはあたしをタウバテの女性刑務所から出して、あの家に連れて行った。仮釈放になるようにしてくれて、お手伝いとして連れて行ったんだ。あたしは上の家にいて、コーヒーをいれたり、サンドイッチを作ったり、掃除をしたり、捕まってる人たちに水を持っていったり、そこの掃除もした……」

ジェズイーナはちょっとためらったが、つけ加えた。

「彼が来ると、いつもあたしをベッドに連れて行った」

「それであなたは出血するようになったり、幻覚を見るようになったの？　力づくで強姦《ごうかん》されたの？」

「ううん、あたしはかまわなかった。あたり前と言う感じかな。いやではなかったし……。幻覚が始まったのはもっと後。あの家が閉められてからのことなんだ」

「あの家って？　それはどういう家なの、ジェズイーナ？　あなたの話し方を聞いていると売春宿みたいだけれど。……ごめんなさい、こんな言葉を使って」

「ちがうよ、全然ちがう。そうじゃなくって、そこは牢屋《ろうや》だったんだよ。ただ、普通の家のように見せかけていた。時々フレウリーは囚人たちの話を立ち聞きするようにあたしに言いつけた。あたしは掃除をしたり、囚人たちに水を持って行ったりしていた。あたしはあの人たちを気の毒に思っているようなふりをしなくてはいけなかったんだ。家族に知らせてあげようとか、そういうことを言って、親切そうな顔をしてそっと手紙をことづかったり、この電話番号に電話してと頼まれたりすることがあたしの役割だった。あたしを信用して手紙を渡す人もいた。そんなとき、あたしはすぐにフレウリーに渡した。あたしも囚人だと思わせるようにと言われてた。そこに捕まっていて、掃除をさせられている、と。もし訊《き》かれたら、強姦《ごうかん》されたので継父を殺した、バングー刑務所からここに連れてこられて掃除をしていると言うことになっていた。でも一度にしゃべってしまうのではなく、囚人が信用するようにちょっとずつ小出しに話すようにって。……一回だけ女の囚人と同じ房に入れられたことがあった。一回だけだったけど」

「その義理のお父さんを殺したという話だけど、それは本当なの？　それともまるっきりの作り話？」

「ウソッパチだよ。あいつは全然死にゃしなかった。殺そうとしたけど、切れもしない包丁だったし、あたしはまだ十三歳だったし……。最初にあいつがあたしを強姦《ごうかん》したのはあたしが十二歳のとき。母さんが仕事に出かけるのを待って、あたしを襲った。忘れもしない。ケモノだった。血が出て……ベッドの上の血を見てあたしは死ぬんだと思ったさ。出血はこの継父のせいで始まった。あいつがやって来るたびに、まだ押し倒される前にもう出血していた。それであたしは家から逃げ出して、麻薬をやるようになった。男の人と知り合って、その人が家出を手伝ってくれた。それから一度も家に帰ったことはない。女性刑務所に入ったのは麻薬のせいで、継父のせいではないんだ。その知り合った男は麻薬の密売人で、あたしも巻き込まれてしまったってわけ」

「囚人の信用を得るために、と言ったけど、囚人たちはあなたの話を信じたの?」

「信じるも信じないも、そんなに時間はなかったんだ。一日か二日しかいなかったんだから。フレウリーはそんなにいろいろ作り話をする必要はない、囚人たちがもし尋ねたら継父の話をすればいい、と言っていた。フレウリーはいつも囚人と一緒に来るか、そのすぐ後に来る。サンパウロから来るんだ。それですぐその晩かあくる朝、囚人を尋問する。そのあと、囚人たちは姿を消してしまう。それでなん日かたつと、別の囚人たちが連れて来られるって具合だった」

カウンセラーはあまりの驚きに手がわなわな震えている。メモを取っているふりをしているが、それもできずにいる。そばの台にある水差しを取って、水を一口飲む。ジェズイーナにも勧めると彼女も口にした。さあ、考えなくては。聞いている話の恐ろしさに怯《おび》えているが、と同時にもっと知りたい気もちもある。突然姿を消してしまった昔の学友や同僚たちの顔が頭の中でぐるぐる回っている。ジェズイーナはなにかものすごく重大な秘密を抱えていると感じた。優しくたずねてみる。

「その出血の治療をしてもらおうとしたことはあるの？　病院に行ったことはあるの？」

「ううん、やったのは麻薬をやめる治療だけ。フレウリーがあの家を閉めた後、あたしはサン・ベルナルドにある麻薬患者用の施設に入院した。神父たちが経営する家だった。半年そこにいて治ったので、フレウリーはキタウーナにある部隊に仕事を見つけてくれた。でもそこでまた麻薬に逆戻り。それでもう一回入院し、そして完全に治ったんだと思う。三年と六か月、麻薬に手を出していないから」

カウンセラーは再び数秒の間をおき、またたずねた。

「フレウリーが閉めたという家のことが何度も話に出てくるけれど、それはどんな家だったの、ジェズイーナ？　どこにあったの？」

ジェズイーナは答えない。

「なにもかも一度に話す必要はないのよ。話したくないことは話さなくてもかまわない。でもね、良くなるためには過去としっかり向き合わなくてはだめなの。あなたを悩ませて幻覚や出血を起こしたりすることを外に吐き出さなくては。それはその家にいた囚人たちと何か関係があることなの？」

ジェズイーナは口を閉ざしたままだった。肩を落として、前よりよけい前かがみになっている。

「ねえ、ジェズイーナ、その家のことをもう少し話してみて。頭に浮かぶことでいいの。なにか覚えていることはない？　話したらきっとらくになるわ」

「……どこにもあるような普通の家。ただとっても大きかった。……ペトロポリス[2]の丘の上の急な斜面に建っていた。普通の道で、金持ちの大きな家が並んでいた。裏庭も広かった。……家の周りは全部高い塀で取り囲まれていた。両隣は空地で背の高い雑草が茂っていて、中で起こっていることは絶対見られなかった。……車が着くと門は自動的に開いて、囚人を乗せた車は中に入る。囚人はすぐに牢屋《ろうや》のある下のほうに連れて行かれる。牢屋は二部屋だけだった。……あたしはほとんどの時間、道路に近い上の家にいたんだけど、下のほうには牢屋のほかに閉めきられた部屋があったんだ。そこで囚人を尋問してた。……叫び声はそれはひどいものだった。今でもその悲鳴があたしの耳に響いている。あたしが見る怖い夢の中でも叫び声がすごいんだ。……もっと下の裏庭の突き当りのところ、急な斜面の終わりのところに倉庫かガレージのようなものがあった。囚人を尋問する閉めっきりの部屋のほうは時々掃除をさせられることがあったけど、そのもっと下の倉庫のほうへ行かされたことは一度もなかった……」

カウンセラーは優しい口調でたずねた。

「その下の方では何が起こっていたの？」

だが、ジェズイーナは聞こえなかったかのように話を続ける。

「……あたしは囚人たちの世話をしていた。房の掃除をし、やさしく接するようにした。囚人たちの目は膨れ上がり、それはひどい、ぞっとするような顔をしていた。身体が震えている人もいれば、一人でぶつぶつしゃべり続けている人、気を失ったような人、もう死んでいるように見える人たちもいた……」

「囚人たちは数日たつと姿を消したと言ったわね？　どこに行ったの？」

ジェズイーナは答えない。

「一番下にあった別のところの話もしていたわよね？」

ジェズイーナはいろいろ思い出したようで、まるで自分に向かって話すように話し出した。

「ある日、とってもハンサムな青年が来た。やせていて、とっても繊細で、でもかわいそうに脚は血だらけだった。大きな傷で化膿《かのう》していた。奴ら、治療するかわりに塩をかけてた。三日間いたけど、そのあと下の方へ連れて行かれた。あの人の顔は二度と忘れない。本当にすてきで、ハンサムで……。脚の傷は本当にひどいものだった。あたし、この人は本当に心をこめてお世話したんだ。親切なふりをしたのではなくって。でもあの人はもう話をすることもできなかった……」

「その人の名前は覚えているの？」

「すっかり弱りきっていて……。でも名前だけはなんとか言えた。ルイス、そう、ルイスとだけ言った。そして電話番号をあたしに教えた。でもあたし、とっても気が動転していたからその紙切れをなくしてしまった。だからフレウリーには渡していない。きっとお母さんの電話だったと思う」

「一番下にあった建物のことを話していたわね？」

「新しい囚人が着くたびに、レオナルド先生っていうリオのお医者さんがやってきた。尋問中に囚人の具合が悪くなると、あの閉めきった部屋に行って診察した。お医者さんが帰ってしまうと、もうこれでおしまいだとわかった。もう囚人の始末がついて、後はすぐに一番下の建物に運ぶだけだって」

「囚人の始末をつける」という言葉をカウンセラーは心の中でくり返した。患者にたずねようとしたが、彼女はもう話を続けていた。

「ある日、二人の立派な紳士を連れてきた。たぶん六十歳は超えていたと思う。背広を着て、きちんとした身なりだった。一人ずつ別の部屋に入れた。この二人については殴ったりしないで、すぐに下に連れて行った。最初に一人。一時間後にもう一人……」

カウンセラーは尋ねる。

「最初に女囚の房に一緒に入ったことがあると言ったわね？　そのことを思い出したのはどうしてかしら？」

「どうしてって……その女の人のことが頭から離れないから。一度見たら忘れられないような顔立ちをしていた。連れてこられたのは午後。夜ではなかった。夕方だった。腕にあざがいくつかあった。腕を強く叩《たた》いたか、ねじったのだと思う。でも顔にはぜんぜん傷はなかった。そのあと起こったことが原因で、あたしはその顔が焼きついて離れないんだと思う……」

「そう、それでそのあと何が起こったの？」

「あたしはなんの説明もなく彼女の房に入れられた。あたしは話しかけてみた。彼女、名前は言ったけどそれ以外はなにも話さなかった。フルネームを教えてくれた。たぶん、フルネームなんだと思う。でも半分しか覚えられなかった。とってもむずかしい名前で。まるで唱えるような言い方だった。まるでもう死ぬことがわかっていて、他の人たちに自分の名前を言い残しておきたいと思っているみたいに」

「で、それで？」

「それからフレウリーが来た。もう夜になっていた。あたしを呼んであの女の人のことをきいたので『名前を言っただけであとは黙っていた』と答えた。すると彼はまたあたしを房に戻すよう、命令した。彼女はまるで彫像みたいだった。同じ場所でずっと黙ったままで……」

ジェズイーナは突然口を閉ざした。

「ジェズイーナ、女性の囚人の話をしていたのよ」

「……フレウリーにまたその女の人の房へ行くように言われた。なにかほかの話を聞き出してこいって。明け方、レオナルド先生が来た。下の房にいても来たことがわかったんだ。それで彼女に小さな声で知らせた。医者が来るときはひどい目に合わせるとき、悪いことをするときだって。そのすぐ後に女の人を迎えに人が来た。そのときだった。彼女、突然口に指を突っ込み、なにかこう、強く噛《か》みつぶすような動作をした。そして数秒後にははげしく身をよじり始めた。迎えの人が房を開ける間もなく、彼女はうめきながら横に倒れた。顔がひどくひきつって、もう死んでいた。死んでいるように見えたし、実際に死んでいた……」

「何が起こったか知っているの？」

「毒を飲んだって聞いた。口の中に毒を入れていて、飲み込むだけになっていたって。あの夜フレウリーは怒り狂い、全員を叱りつけた。大変な騒ぎだった。それから彼女を下の方に運ぶよう命令した」

「下の方、下の方って……。その下の方にはいったい何があったの？」

「ドラム缶があった。金属製の大きいやつ。ガレージのような建物が奥の塀にむかって開いていた。道具や工具をしまう倉庫のように見えた。囚人たちをそこに運んでいき、数時間後にはしっかり縛った麻袋をいくつか持って出てくる。それを前に置いてある小さいトラックに乗せる。トラックは道路の方を向いて門の内側に停めてあって、いつでも出発できるようになっていた。それでトラックは行ってしまうんだ。麻袋をずいぶん遠くまで運んでいたと思う。だって、いつもトラックは丸々一日たってから戻ってくるんだから。それから彼らは下の方へ行って、ホースの水で洗い始める。漂白剤を撒《ま》き、ごしごしこすっていた。それから洋服とかその他のものをドラム缶に投げ込み、火をつける。ガレージの回りのセメントのところを洗うのを手伝うために、二、三回呼ばれたことがある。その仕事をやるのはいつも同じ二人の男で、〈二人の軍警のミネイロ〉と呼ばれていた。名前を呼ばれたことは一度もなくて、〈二人の軍警のミネイロ〉って呼ばれていた。いつでも同じこの二人だった。二人はお酒を飲んで、いつも酔っぱらっていた」

「その二人が囚人たちをどうしたか知っているの?」

ジェズイーナは聞いてないように見えた。カウンセラーは同じ質問をもう少しはっきりとくり返した。

「その二人は下の方で囚人たちに何をしていたの、ジェズイーナ?」

「囚人たちは下の方へ一人ずつ運ばれた。そう、一回に一人しか運ばなかった。そのあと二度と彼らを見ることはなかった。上の家の窓から、あたしはあのガレージの中へ運ばれるのを見てたけど、一人もそこから出て来るのを見たことはない。一人の囚人も出てこなかった。一人も……」

「でもそのガレージには一体何があったの、ジェズイーナ?」

ジェズイーナは両手を上げ、まるで耳を覆うような姿勢でそのまましばらくじっとしていた。頭をうなだれて、だまったまま。それから、カウンセラーのすぐそばまでイスを引きずって近寄り、ささやいた。まるで秘密をうち明けるように。

「午前中いっぱい、あたしがひとりっきりになった時があったんだ。〈二人の軍警のミネイロ〉たちは朝早く出かけて行ったから。麻袋が足りない、売っている場所はとても遠いから帰りは遅くなる、と言って二人は出かけた。フレウリーは明け方にサンパウロに戻ったあとだった。私は家をまかされて一人ぼっちになった。それで下の方に何があるか見に行ったんだ。ガレージには窓が一つもなくって、入口には南京錠がかかっていた。木でできたドアだった。そのドアに、ホースを通すために彼らが開けた穴があったので、そこから中を覗《のぞ》いてみた。……肉屋で肉を吊《つ》るすために使う鉤《かぎ》がいくつかあった。大きなテーブルがあって、その上に肉屋が使うのと同じ包丁や、のこぎりや、金槌があって……夢でうなされるときは必ずこの場面が出て来る。……穴から覗《のぞ》くと、中には人間のバラバラにされた身体が……切られた腕が……脚が……そして血……ものすごい量の血が……」

ジェズイーナはすすり泣きを始めた。最初はかぼそいうめき声のようだったが、すぐに声は高まり、ついに大声で泣きじゃくり始めた。ずるずるとイスから滑り落ちていく。

カウンセラーは彼女が床に落ちる前に抱えて立ち上がらせると、胸に引き寄せてひしと抱きしめた。

（1）「十二　心理戦」の訳注参照。
（2）リオデジャネイロ市から七十二㎞。帝政時代からの避暑地として知られる観光地。

二十一　文学の放棄

大司教に会うためにサンパウロ大司教区聖庁の階段を一段一段踏みしめて上って行ったとき以来、Ｋは感じたことや思ったことを記録に留めておこうと思っていた。あの日の印象はそれほど心に強く残ったからである。あの日は彼にとって特別に象徴的な意味合いを持つことになった。なにしろ、あの異端審問官トルケマダ(1)のカトリック教会、そのカトリック教会の権威ある大司教がユダヤ人である自分をあたたかく迎え、娘を捜し出すために本気で真摯に取り組んでくれたのだ。ユダヤ教のラビたちですら、そんなことはしてくれなかった。

だが、何日か過ぎ、何週間か過ぎ、何か月か過ぎてもＫは書き始めなかった。そして今、Ｋは後悔している。少なくとも接触した人や捜索の記録を日記に書き残しておくべきだった、と。今や希望は失せ、もう捜すこともなければ訴える相手もいない。苦悩の日々は時計も遅々として進まない。こうなったら、あとは物書きという自分の職に復帰する以外、道はない。登場人物を創り上げたり、筋書をあれこれ考えるためではなく、ただ、自分自身の不幸と折り合いをつけるために。

イディッシュ文学に熱中するあまり、娘が非合法の政治闘争に巻き込まれていることに気づかなかった。声高に助けを求めるサインはいくつもあったに違いないのに、愚かにも気づかなかった。そうだ、今までにない大作を書こう、それがこの自責の念から自分を解き放ち、今までに書いたもの全てと決別する唯一の道だ、と心に決めた。

小説を書き始めるときにいつもするのと同じように作業を始めた。頭にちょっとでも浮かんだことをその瞬間に書きとめていく。店にあるシャツの空き箱の厚紙を小さく切って、それに書きつけた。次の段階はこの厚紙を内容で分類していくつかの山を作ることだ。そして物語を作っていく。いつも通りイディッシュ語で手書きする。そこまでしてから、新聞社や雑誌社に原稿を送るときにいつもするようにタイプで打っていく。ヘブライ文字の特殊なタイプライターは、ニューヨークから買って帰ったものだ。

イディッシュ語はヘブライ語のアルファベットを使うが、文法的にはドイツ語と近いので、イディッシュ語を敵視する人々（この中には当のベン・グリオン[2]も含まれる）はこの言葉を怪物の言葉、言語学上のフランケンシュタインと呼んでいる。こんなに表現力に富み偉大な作家を輩出している言語を軽んじているイスラエルの人たちこそ怪物ではないか、とKはいつも文句を言っていた。

いろいろな場面、会話、エピソードなどを書きとめたカードをKは多数作成した。だが、それをまとまりのある一つの物語にしようとすると、なにかうまくいかない。大司教との出会いのような、心に残った様々な場面で自分が感じたことをうまく表現することができないのだ。まるで根本的な何かが欠けているみたいだ。周到に選んだ単語を使っているはずなのに、自分が感じたことを十分に伝えるどころか、逆に一番肝心な意味を隠してしまったり、削り取ってしまったりしている。限られた意味しか持たない単語や、正確過ぎて融通の利かない概念、俗っぽい慣用表現を使って自分の不幸を表現するのは不可能だった。イディッシュ語で書いた詩でいくつも賞を受けている彼が、言語が持つ限界を超越することを願いながらできないでいる。

これはイディッシュという言語の持つ限界だろうか？　迫害を受け続けたユダヤ民族は自分自身の言葉でその苦悩を表現することはできないのか？　それはあり得ない。本当のイディッシュ文学が生まれたのは最近百年のこととはいえ、言語そのものは一千年以上も前から存在し、ホロコーストの前には一千万人以上の人々によって話されていたのだ。

その上、とKは思考を続ける。もしイディッシュ語が職人や荷馬車曳《ひ》きや露店商といったごく貧しい人々の日常的な言語であって、愛情を込めたいときに使う縮小辞を多く持つ言語であれば、なおさら感情をイディッシュ語で表現できないはずがない。ショーレム・アレイヘムやバシェヴィス・シンガー(3)の短編小説を読めばよくわかる。

だが、Kは書けなかった。彼の身の上に起きた汚らわしい出来事を書くには、彼のイディッシュ語はあまりに純粋無垢《むく》だということだろうか？　ユダヤ人学校で教育を受けた同世代の

人々と同様、Kは汚い言葉を使うことを嫌悪していた。宗教としてのユダヤ教は棄てたが、言語に対しての貞節は決して揺らぐことはなかった。

障害となっている、もっと大きな理由にKは少しずつ気づいていった。確かに言葉には表現するのに限界があるが、それが主要な原因ではなかった。Kの場合、問題は言語ではなく、もっと精神的なところにあった。娘の悲劇を文学作品創造のための素材にすることがまちがっていたのだ。ひどくまちがっていたのだ。これほど酷い事柄について美しく書こうなどと思い上がったなんて！　しかもこのイディッシュ語のために自分の目の前で起きている気づくべきことに気づかなかったのだから……。自分の家に父親が来ることがないように娘がどれだけ心を砕いていたかに気づかず、行く先も告げずに突然旅行に行っても気にかけなかった……。

娘が大あわてで（そしてたぶん恐怖にかられて）、作家たちとの土曜日の例会中に現れた日があったことを思い出した。だがそのとき、彼は娘の目を見つめることもなく、何の用かも知ろうとせずに、娘をたしなめてしまった。こんなエピソードを使って文学作品を書くなんて！　想像しただけでも無理に決まっている。

その夜、Kはメモを書きつけたカードを破った。細かく切り刻み、まったく字が読み取れないようにしてゴミ箱に捨てた。イディッシュ語では二度とものを書かないぞ、と心の中で誓う。ベン・グリオンが「イディッシュ語は弱者の言語だ、罪状を知ってか知らずか、とにかく罰せられるのを予期していたかのように抵抗もせずに殺されてしまう者どもの言葉だ」と批判したことにほとんど賛同しそうになっていた。

「イディッシュ語で書くのはやめる」という決定は、ちょっとした事情で現実のものとなった。つまり、イスラエルにいる孫娘たちに叔母の身に起こったできごとを伝えたいという事情があったのだ。孫娘たちはヘブライ語しか知らず、イディッシュ語はわからない。その夜、Kはイスラエルにいる孫に完璧なヘブライ語で初めての手紙を書いた。ユダヤ人学校で子どものころからヘブライ語は習っていたから、それはもう完璧なものだった。

というわけで、娘の不幸をテーマに文学作品を書こうとする高名な作家は姿を消し、家族の悲劇の記録を孫たちに遺し伝えたいと願う、ひとりの祖父の姿がそこにあった……。

（1）トマス・デ・トルケマダ Tomas de Torquemada（一四二〇―一四九八）　ドミニコ会修道士。スペインのアラゴン・カスティーリャ王国初代異端審問官。改宗したユダヤ教徒約八千人を焚《ふん》刑《けい》にしたと言われている。
（2）ダヴィッド・ベン・グリオン David Ben-Gurion（一八八六―一九七三）ポーランド生まれ。イスラエル建国に尽力し、同国の初代と第三代首相を務める。
（3）アイザック・バシェヴィス・シンガー Isaac Bashevis Singer（一九〇二―一九九一）ポーランド生まれのアメリカの作家。イディッシュ語作家として初めてノーベル文学賞（一九七八）を受賞。

二十二　軍人年鑑

「こいつは母親を売るようなひどい野郎だ！」

四つ星記章を持つ陸軍大将にふさわしく、男はズバリと断言する。粗野なイメージが身についてしまっているが、兵営ではこれが良しとされていた。指揮を執るよう訓練されているから、話し方は簡潔で乱暴だ。だが、男はもう指揮を執ることはない。軍事クーデターに反対したために解任され、陸軍から追放されたのだ。

髪は白髪になったが、まだまだ元気矍鑠《かくしゃく》。昔の同僚や部下たちを全員思い出して査定評価をしている。まるでクモの標本のコレクションを出してきて分類をしているかのように冷静に評価していく。男の前のテーブルには「陸軍軍人年鑑」が広げられている。歩兵隊、騎馬隊、砲兵隊からなる陸軍三部隊の少尉以上の将校全員が載っている名簿である。

彼の弟は高名な外科医で、あの忌まわしいクーデターに関与した多くの企業家や銀行家に手術を施し、お陰で命拾いした人も多い。それでも、この陸軍大将は追放を免れなかった。不当に職を追われたことで彼の批判精神はますます研ぎ澄まされ、言葉はますます滑らかに出て来る。軍人ではあるが、賢い人間であることが見てとれる。

「こいつはもっとひどい最低の野郎だ！」

年鑑は電話帳に似た体裁をしている。それぞれの名前の後には陸軍士官学校入学以来の経歴が小さな記号で書き込まれ、士官学校や専門コースでの成績や階級の変動が全て記載されている。歩兵隊、騎兵隊、砲兵隊の三部隊に分かれたこの年鑑は、軍人の生涯を映し出す鏡のようなものである。

「こいつはクラスで一番の成績だった」

士官学校の同期の間では首席だった学生は将来にわたってずっと「首席の誰々」というように言われる。だが実際はどうだろう？　我々の陸軍は学識や知性によって評価が決まるほど文明化されているだろうか？　勉強熱心であることや知識の習得が高く評価されているだろうか？　知性が秀でていることを優先する軍隊だろうか？

いや、そんなことはない。

「勉強熱心なのは、砲兵隊の連中だけだ」

砲兵隊では三角法や、弾道学を勉強しなくてはいけない。風向きを考慮して射撃の角度を計算したり、口径や弾薬の量、敵の動きなどを察知しなくてはいけない。複雑な方程式を解くような作業だ。論理的な思考法を勉強することになる。だからこそ陸軍の中で指導的なグループとなった。彼らだけが戦略的な展望を持っていた。それゆえ、軍事クーデターを計画し、遂行したのは砲兵隊の連中だった。

「他の連中は無知な輩《やから》たちだ。特にひどいのは騎兵隊の奴らだ」

三十五年間も戦争をしたことがない陸軍においては、戦場での勇気を称える勲章もなければ、危険な任務もない。隊としても個人としても極限状況での試練に立たされることがない。あるのは教室での成績を上げたり、きちんと敬礼が出来たり、制服がびしっと決まっていたり、長靴がきれいに磨かれていることだけ。決して戦われることのない戦争を仮定した雄弁な弁舌に長けているとか、想像上の戦略が秀でているとかだけが問題にされる。全てが紙上の空論。攻めるか退くかの戦略計画やそのための地図が山のようにあって、いくつもの引き出しに溢《あふ》れている。

「仮想敵国は主としてアルゼンチンだった。ばかばかしい。なにかしていないといけないから、無理矢理そんな想定をしたのだ」

この覇気に欠ける軍隊生活には昇進を一回ごとに記録する細々とした規定が定められている。

司令官の地位にしても、各部署の管理職の地位にしても、全てが計算され尽している。だが、どんな官僚主義的な組織にもあることだが、規則というのは内在する情実主義を正当化するときにだけ機能するものであって、能力主義制度を敷くためには全く役立っていない。人脈が事を決定するのだ。あるいは忠誠心を伴う主従関係が決定する。この場合、本当の意味での忠誠心のことを言っているわけではない。それは必要ではなくて、計算高い忠誠心がものを言うのである。これこそ、官僚世界での昇進をめぐる内なる戦いに生き残るために必要なのだ。ご都合主義者の寄り集まりである軍隊では、戦争とは昇進をめぐる同僚間の闘いだけを意味する。階級を上っていけばいくほど、ポストの数は少なくなっていく。

「陸軍大佐から陸軍少将に昇進する段階が一番厳しい。五十人の大佐のうちたった一人だけが少将になれる。なれなかったものたちは、はじき出される」

実戦のない軍隊では、戦場で死傷者が発生することはない。昇進は上司から参謀部へ提出される候補者リスト上で決まる。昇進を絶たれた者たちは、弾丸が発射されないまま倒れる。放り出されるのだ。将校は同じ階級に留まることは許されないのだから。

「大佐から少将に昇格するには、引き立ててくれる人間が必要だ。庇護《ひご》者となってくれる少将の会派に所属しなくてはだめだ」

ずっと前から大佐はおべっかを使ったり、盲従したりして、その会派に入るべく画策しなくてはいけない。少将にしっかりすり寄らなくてはだめだ。

「こいつはわしの落下傘コースの生徒だった。わしのように遵法《じゅんぽう》主義者になった。わしがクーデターに反対したとき、こいつもわしについてきた。わしが軍から追放されたとき、こいつも追放された。だが、わしの部下の大半はわしを裏切り、クーデター側についた」

昇格を確実にするためには二つの方法がある。上司におべっかを使うことと、昇格リストにあるライバルの名前を削除することだ。追従と欺くことだ。この二つは順序を替えたり、互いに補い合ったりする。少将当人を裏切らねばならないことも起こりうる。裏切りはご都合主義者の忠誠心には必然の帰結なのだ。官僚的軍隊においては、一人の将校は同時に二人の人間に心を開くことはない。いつも一人だけにしておく。そうすれば、裏切られたときに誰が自分を売り渡したかがわかるからだ。裏切りもまた一つの技である。

「プレステス(1)は自分の部隊にこの戦術を導入した。のちに政党を結成したときもこれを安全規定の中に入れた。彼の場合はほとんどいつも非合法の状態だったから当然のことだ。結局、共産党は以前よりさらに秘密主義になり、会合は二人まで、しかも小声でささやき合うという徹底ぶりだった」

習慣が価値を生み出す。裏切りも本心を隠して見せないことも、軍隊の気風として定着した。価値観も逆転する。ドレフュスは一人もいない。全員がエステラジー(2)だ。勇猛の代わりに残酷が、名誉の代わりに不名誉が取って代わり、貧しい民衆を敵とみなすようになり、悪辣さに限りがなくなった。カヌードスの乱(3)では首を切った。アラグアイアではまだ子どものような若い学生たちを捕まえて処刑した。一九七四年には「行方不明者」にするために死体をばらばらに切断した。恐ろしい犯罪に加えて、官僚主義的な組織にしては矛盾する犯罪を犯した。だが「証拠を残してはいけない」という新しい価値観においてはきわめて論理的なことであった。

「そうそう、この人物だ。わしの知っている限りでは、拷問をやめろと命じたのは、後にも先にもこの将官だけだった」

極右ではあったが、この将官はエスピリタと呼ばれる交霊術信奉者だった。拷問が行われていることを知ると、予告なしにすぐメスキッタ男爵通り(4)へ行き、即座に拷問をやめるよう命じた。エスピリタたちは命あるものはたとえ虫やけものであっても虐待することは断じて認めない。なぜなら輪廻《りんね》思想を持っているからだ。エスピリタたちにとって肉体は我々の先祖たちの魂の一時的な住処であり、崇拝され、敬われるべきものなのだ。人を拷問するということは曽祖父、あるいは(もしすでに死んでいれば)自身の母親を拷問している可能性だってあるのだ。

「この将官が辞めると、すぐに拷問は再開された。そもそも彼は誰も罷免しなかったし、内部的にも対外的にも拷問の事実を告発したわけではなかった」

「心理戦」という新しく導入された軍の規範によれば、どんな人物でも敵対者や潜在的な敵対者にすることができた。劇場の俳優、無垢《むく》な若者、反抗的な少女、進歩派の神父など、だれでも。被疑者が反逆の傾向を持つことを明らかにできるのは拷問によるしかないというのが、この軍の規範だった。異端審問の時に、拷問の責め具が魔女の中の悪魔を追い出したように。異教徒やユダヤ教徒が改宗のふりをしいるのを見破ったのと同じように。

「こいつは一番頭が良く、誰よりも残忍だった奴だ。もちろん砲兵隊だ。だからこそ、軍事独裁をこれ以上続けるのは無理だと悟って、段階的で安全な雪解けを提案した。第二次世界大戦に応召できたくらい

古くからの軍人だ。だが、実際には行っていない。一度も戦場で戦ったことはなく、戦争は経験していない。ナチスに共鳴したために自分から行こうとしなかったのか、それともそれを知ったアメリカ軍が彼を拒否したのか、真相は今にいたるまで明らかにはなっていない」

軍籍を剥奪された陸軍大将は軍人年鑑のページを閉じた。もう沢山！ なぜこんな事態になったのか、その理由は火を見るよりも明らかではないか！

(1) Luis Carlos Prestes（一八九八―一九九〇）ブラジルの革命家。反政府ゲリラ部隊を指揮して「プレステスの行進」を行う。共産党に入党するが、一九四七年に党が非合法化されてからは地下に潜る。「希望の騎士」として民衆の支持を得、国内外に知られる。

(2) エステラジー Charles Marie Ferdinand Welsh Esterhazy（一八四七―一九二三）はフランスの将校。ドイツのスパイ活動をして、その罪をユダヤ人将校ドレフュス Alfred Dreyfuss（一八五九―一九三五）に着せた。

(3) ブラジル東北部、バイーア州奥地にある貧しい村カヌードスで起こった反乱（一八九六―一八九七）。政府軍は三回の遠征に失敗し、四度目に完全に制圧。住民は全員殺戮《さつりく》され、その多くは首を斬られたという。

(4) リオデジャネイロ市チジュッカ地区にある通りの名前。軍政時代にＤＯＩ（情報活動別働隊）があり、激しい拷問が行われたことで知られている。

二十三　軍法会議

まちがいない。あいつだ！　この人物を見たのは一回きりで、しかも暗闇だった。だがKはその顔立ち、腫れぼったい面長な顔に濃い口髭《ひげ》、幅広い額を見てはっきりわかった。こいつ、軍曹だったのか！　あの夜は将軍だなんて名乗っていたが、ただの軍曹だったのだ。この偽の将軍と、いかにも悪者という面構えのやせた男に両脇をはさまれ、車の後部座席にむりやり押し込まれたことをKははっきり覚えていた。

やせた男のほうはなぜ訴えられていないのだろう？

偽将軍は「娘の居どころを突き止めた」とKに知らせてきた。金を払えば娘自身が書いた手紙を持ってくる、とも言った。茶番を仕組んだのだ。今、その詐欺師が裁判にかけられている。Kが訴えたのではない。Kが望んだのは復讐《ふくしゅう》ではなく事実の解明だったから。偽将軍は軍部そのものから告訴されているのだ。

Kは軍法会議なるものの存在すら知らなかった。陸軍将軍のサインと証印入りの召喚状を受け取ったときは心が躍った。軍当局は娘の失踪事件をついに正式に取り上げた、それで自分が証人として召喚されたと思ったからだ。

一人の陸軍大佐が裁判長を務めている。（前に置かれた名札に名前と肩書きが書かれていたので、Kはそれとわかった）片側にはもう一人の大佐、別の側には裁判官の礼服をつけた民間人が座っている。被告人は裁判官デスクの横にある狭いスペースに座らされている。

Kは起こるべくして起こったことだと時々思う。金と引き換えに情報を売ろうとする不埒《ふらち》な人物がいつ現れてもおかしくはない。大枚をはたけば娘を救い出すとまで約束するかも知れない。ポーランドでも、党の同士たちがKを牢獄《ろうごく》から解放するためにお金を出し合ってくれたではないか？

だが、ポーランドでは状況がちがった。どんな圧政であっても、人を拘束したときはきちんと記録し、家族に知らせた。それから裁判となる。告訴と弁護があり、監獄での面会も許された。ポーランドでは囚人を消してしまうことはなかった。

警官も軍人も人間なんだから善人もいれば悪人もいるだろう、とKは考えた。人間的な感情を持っていて手をさし伸べてくれる人だっているかもしれない。一方、家族を恐喝する人々もいて、中には約束を守る人もいれば、ただ犠牲者から金を巻き上げるだけの連中もいる。こうなると人間とも言えない。詐欺師だったこの軍曹もそうだが、病的と言えるだろう。それでも危険を冒して可能性を信じるしかない。Kは一縷《いちる》の望みにかけたのだった。

人間を呑《の》み込む深淵《しんえん》がある。それをとり囲む沈黙の壁を、金を積めば崩せるかも知れないと思ってしまった。そのことをKは嘆いた。壁を崩すことは重要な地位にいる人物たちにも不可能だった。四十年後でも壁が厳然として存在することなど、どうしてKに予想できただろう？　誰も真相を知りえないように、すべてが巧妙に仕組まれていることだけはKにも察しがついた。どうしてあんなに簡単にだまされたんだろう、とKは自問するのだった。

陳述が始まった。Kは起こった通りのことを話した。ただあの見習いの弁護士を通じて偽将軍に行き着いたことは伏せておいた。あの若者にはひどい目に合わされたのだが……。ここぞというときに現場に現れず、リメイラ男爵通りのうす暗い角にKをたった一人置き去りにして、自分が紹介した恐喝者に差し出したのだ。

Kひとりで、どうやって正常な判断力を保てるだろう？　Kも不審には思っていたのだ。本当に娘が手紙を書いたことの証明に、愛情をこめて彼だけが使う娘の愛称をサインするようにと言ってあった。悪党たちはそんな呼び名がわかるはずもなく、見当違いのことを書いてきた。

Kがわからないのは、それなのに、なぜ自分は約束場所に出かけたか、という点だ。捜索という闘いを続けるためにはそうするより仕方がなかったのか？　いや、こういう可能性もある。娘の居どころは本当に突き止めているが、何かの理由で手紙を持って来られなかったのかも知れない……というようなことを、あの夜、暗い街角でKは考えていた。ほんの一筋の希望にすがっていたのだ。その希望にKは裏切られた。

この件はいくつかの新聞が記事にした。Kはだまされたことを恥ずかしく思っていたから、記事を持ち込んだのはもちろん彼ではない。「失踪者家族の会」で、他の家族も同じようにだまされることがないように、警告の意味でこの話をしただけだ。一人の記者がそのことを聞きつけ、話は広まった。軍部がこの裁判を仕組んだ目的は、Kの娘が拘束された事実はないことを明らかにすることにあった。偽将軍は恐喝で起訴されたのではなく、軍部の立場を悪くしたことを糾弾されていたのだ。そのことはKにもよく理解できた。

陳述が進行していた。軍曹への尋問が始まっている。軍曹は口ごもりながら後悔の言葉を口にした。Kの娘が拘束されているのを見たことなどない。何も知らなかった。何もかもすべて作り話だ、と言う。共犯者だったやせた男については全く言及しなかった。

Kはこの詐欺師がどうなろうとどうでも良かった。この事件はもうすんだことだ。彼が法廷に出向いたのは、後にも先にも一回限りのこの裁判所との公的接触の機会に、娘について質したかったからだ。「娘の失踪」だけがここに来た理由だった。だからこそ、例の若い弁護士に軍事法廷にぜひ一緒に行ってくれ、と要請した。彼なら最適な瞬間をとらえて娘の失踪について質問するすべを知っているだろうと考えたからだ。だが見習い弁護士はまたしても失態を演じた。法廷に現れなかったのだ。

Kは名弁護士と呼ばれる人物を訪問したときのことを再度思い出した。人身保護法の適用を要請したのだが、弁護士は無言だった。そのとき、新人の見習い弁護士が話に割って入ってきたのだ。「体制内の人物」と接触する可能性があるという。「金額次第なんです」と見習いは声を落とした。人身保護法とは関係なく、裏から手を回す方法だという。

名弁護士の冷ややかな態度をKはひとつの警告と理解すべきだったのだ。「気をつけたほうがいい。この若者は世間を知らない。悪気はないが、世間を知らなすぎる」という警告だと。間違いはそこから始まった。名弁護士の態度を読み取れなかったところから始まった。彼こそ責任感溢《あふ》れる本当の意味の弁護士だったのだ。現に、身にふりかかるかも知れない危険をものともせず、政治的理由で迫害されている全ての者たちを弁護しているではないか。まるで人類全体が危機に瀕《ひん》しているかのような勢いで。

だが、その名弁護士自身が悲痛な面持ちでこう言った。「人身保護法の適用を要請しても却下されるでしょう。政治囚の場合は軍部が許可を禁じていますから」と。続いて「矛盾しているのですよ。政治的な理由で拘束することは認めているのに、拘束した事実を認めないのですから」と言ったのをKは覚えている。だとすれば見習い弁護士の提案を拒否することなどどうしてできただろう。

軍の検察官の告訴を聞き流しながら、Kはこの恐喝事件が何を意味するかに思いをめぐらせていた。失った額は問題ではない。娘の命のためなら三万クルゼイロが何だというのだ。測り知れない価値のある、ひとつの命のために払った車一台分の金額だ。すでにでっちあげだとわかっていたのに、ここぞという時に気弱くなってしまったことや、だまされたことを認めざるを得ない口惜しさはあるが、娘の命に引き換えればなんということでもない。

その後、新たなチャンスが現れたと思ったときはもっとひどかった。リオに住むある人物（ドイツ系の名前だった）がすでに若い女性を一人救出した、と例のユダヤ教のラビが教えてくれたのだ。ユダヤ系の女性だった。Kはその一家を知っていたので確認してみたが、ウソではなかった。女性はすでに外国に亡命していた。これはたった一件だけの確認された事例である。

Kはこの人物に電話してアポイントをとり、夜行バスでリオへ向かった。四十代とおぼしき、リネンのスーツを上品に着込んだ当の人物は、Kを中に入れようともしなかった。コパカバーナ大通りの舗道での立ち話で「すべてを統括している警察部長には大きな貸しがあるんでね」と言う。部長のハムを自分の車のトランクに入れて運んでやったことがあるのだそうだ。

「ハムというのは死体のことですよ」

Kに通じなかったのを見てとって、男は言葉を言いかえた。部長が苦境に立たされるところを助けてやったのだと言う。娘さんがまだ生きていれば助け出す力はある。だが、これは相当高くつきます。かなりの額です。不動産はお持ちですか？　ではお売りなさい。家一軒分くらいの金がかかります、と言う。

Kは男の言葉を信じなかった。それ以上話を進めようともしなかった。かなりの時間が経過していたからだろう。あるいはすでにだまされた経験があるので、二度目はだまされなかったのかもしれない。だから恐喝の被害はこの偽将軍のときが最大だった。もしこの詐欺事件がなかったら、Kはドイツ人の話にのり、危ない目にあっていたかもしれない。

娘がすでに殺されているとすれば、皆が言うように今さら何をやっても意味はないのだろう。だがKは娘のためにもっとやれることがあったのにやり尽さなかったという後悔はしたくなかった。咎《とが》められるべき人間は前に座っている悪党だ。だが、Kは偽将軍に憎悪は感じなかった。感じたとすれば嫌悪感だろう。他人の不幸につけ込んで、さらなる不幸に陥れようとする者たちへの軽蔑の思いだ。

裁判長は木槌《きづち》で机を叩《たた》き、判決文を読み上げる。「被告ヴァレリオ軍曹は禁固一年の刑の後、軍籍を剥奪されるものとする。民間人が軍に拘束されているという偽の情報を犯罪目的で言い広めたことにより、軍の名誉を傷つけたことが罪状である」

「それで私の娘は？」

判決文の読み上げが終了するとKは思わず立ち上がってたずねた。

「娘はどこにいるんですか！」

もう一回大声で叫ぶ。

裁判長である大佐は威圧的な眼差しでKを睨みつける。木槌をもう一度叩くと閉廷を宣言した。続いて大声で

「調書によれば、軍隊内に民間人は一名たりとも拘留されたことはない。容疑者は全てでっちあげだったと自白している」

と述べた。
「でも私の娘は？」と今度は声を落としてKはつぶやいた。何か答えを求めてまわりを見回す。なんらかの支持を期待してがらんとした傍聴席を見回す……。
三人の裁判官は唐突に、全く同時に立ち上がった。軍警のヘルメットと腕章をつけた二人の大柄な兵が被告を側面の出口から連れ出して行った。もう二人の同じように背が高く屈強な兵隊がKに近づき、出口を指し示す。Kはゆっくりと歩を進める。二人に脅迫されるように両脇を固められ、むりやり出口へと向かわされた。

二十四　教授会

マホガニー製のどっしりした横長のテーブルは縁回りに彫刻がほどこされ、大学の調度としていかにもふさわしい。そのテーブルを囲んで、化学学部の部長や教授が八人、それにそれぞれの分野で名の知れた科学者たちが着席している。ウランのアイソトープ分離の専門家イヴォ・ジョルダン、材料物理学のニュートン・ベルナルデス、海洋生物学のパイオニアであるメトリー・バシーラなど、そうそうたる顔ぶれである。この学部は科学的厳密さがきわめて高いことで広く知られているが、それはナチスから逃れてきて創設に貢献した二人のドイツ人化学者、ハインリッヒ・ハウプトマン博士とハインリッヒ・ラインボルト博士の影響によるところが大きい。

この教授会が開かれた時点で、化学学部はまだ創立五年目だった。学内に散在するいくつかの部門や研究者たちを統合して学部は創設されたのだが、そのコーディネーター役を果たしたジュゼッペ・チレントも出席している。化学総合棟という名で普通呼ばれる威風堂々とした建物はフォード財団の資金で建設され、キャンパスの東側斜面全体を占めている。

今、開かれようとしているのは学部の最高機関である教授会の第四十六回月例会で、一九七五年十月二十三日のできごとだ。助教授であったKの娘の失踪から十八か月が過ぎていた。この日の議事予定には大学規範第二百五十四条第Ⅳ項に従い、「職場放棄」の理由で助教授との契約の解約を求める一七四八九九-七四議案が含まれていた。当日の議事予定には退職したエンリケ・タスタルディ教授を再雇用する議題も含まれている。偶然にもこの教授は助教授の解雇を求める懲罰委員会の三人のメンバーの一人であった。

この報告は以下に引用する議事録を基に想像して書かれたものである。その後何年もが経過したのち、大学当局は助教授の罷免は不当だったと公的に宣言した。だが、関係者の責任を問うことも遺族への賠償もせず、この日の教授会の出席者の誰一人として謝罪したものはいなかった。

議長を務めたのは部長のエルネスト・ギースブレヒト教授。ブラジル化学界の大御所的存在だ。ハインリッヒ・ラインボルトの直弟子で、ブラジル科学アカデミー会員。化学の功績によって叙勲もされている。すでに没しているので、教授会の最中に彼の頭にどんな思いがよぎったかを知る方法はない。想像をたくましくすれば、こんな感じだったのではないだろうか。

やっかいな会議になりそうだ。さっさと終わるといいが……。とにかく最後通牒《つうちょう》をつきつけられているんだ。もしハインリッヒが生きていたら、こんな事態になるなんてとても信じないだろう。ドイツから逃げてきたのは奥さんがユダヤ系だったのが理由なんだからな。だが、彼だってきっと私のように振る舞うにちがいない。だってこの化学学部を創ったのは彼なんだから、たった一人の人間のために学部が潰されるのを見たくはないだろう。正教授ならともかく、彼女は博士号を持っているだけのただの教員なんだから。化学学部はサンパウロ大学の他の学部を牽引《けんいん》するリーダー格の学部だ。この優勢な立場は保持しなければいけない……秘密投票ということになっているのは助かる。誰が罷免に賛成したかはっきりさせずに済むからな。もちろん秘密投票だから、反対の結果になる可能性もある。だからこそ事前の根回しに万全を期したんだ。ああ、すべてうまくいくといいんだが……。

部長の実際の発言は議事録に以下のように記されている。

教授会のメンバーとしてオットー・リヒャルト・ゴットリープ教授を初めてお迎えできることを大変うれしく存じます。同教授は基礎化学の主任教授の職に最近就任されました。当教授会としては教授のご参加を大変光栄なことと思っております。さて四十四回教授会の議事録が全員一致で承認されましたので本日の議事日程に入らせていただきます。第一番目の議題は退官されたエンリケ・タスタルディ教授の再雇用契約の件です。

哲学科出身のフランシスコ・ジェロニモ・サーレス・ラーラ教授は発言の許可を得ようと考える。頭の中ではこんなことを考えながら。想像をたくましくして、彼の心のうちを書き出してみよう。

タスタルディの悪党め！　年金に加えて今後は主任教授の給料までせしめるつもりだな。教授会が再契約を承認するのと引き換えに、タスタルディは助教授の解雇を後押しするというわけだ。軍政の抑圧に加担する褒美というわけか……。哲学科だったらこんなことは絶対に起こるはずがない。助教授が秘密警察に捕まったのは衆知の事実だ。父親が大学に来たこともあるし、新聞にもニュースが出た。テレビ報道もあったし、枢機卿《すうききょう》の発表した二十二人の失踪者のリストにも彼女の名前は入っている。まったくもう！　なんて場所に来てしまったのだろう？ここは反動主義者や腰抜けどもの巣窟だ。しかも大半がナチスを逃れてきたユダヤ人やその弟子たちなのだから、まったく聞いて呆《あき》れるよ。

サーレス・ラーラは発言を求め、言葉を慎重に選びながら話し始める。議事録には以下のように記されている。

言うまでもなく、タスタルディ教授は生化学の分野の発展に多大な貢献をなした歴史に残る人物であります。さらに人格的にも卓越しており、すべての人々に愛されております。しかしながら、化学学部が同教授を再採用するのは時宜を得ていないというのが小生の考えであります。すでに退職した教授を再雇用することには小生は反対の意見を持っており、代わりに採用される者が全く存在しない場合に限ってのみ行われるべきことで、現状は決してそのような状況ではないと考えております。国の内外には我々が提示できる条件に興味を示す、博士号を有する優秀な者たちが数多くいるのですから。この人たちに大学教員として働く好機を提供するのは我々の義務であると小生は考えます。

次に高名なメトリー・バシーラ教授が発言を求めた。議事録は次のように記している。

タスタルディ教授のサンパウロ大学に対する貢献がいかに卓越したものであったかを述べさせていただかないわけにはいきません。同教授は研究自体や将来の教職者たちへの指導を通じてその人生を大学に捧《ささ》げられました。のみならず大学の改革にも邁進《まいしん》されました。(中略)この大学の中を見まわしてもめったに見いだせないほどの大学を愛する精神を持っておられます。大学は教授団の一員に同教授を迎えることを誉れと思ってよいはずです。

次にジュゼッペ・チレント教授が発言を求めた。議事録には以下のように記されている。

私が学部長を務めていた期間を通じて、どれほどタスタルディ教授のお助けをいただいたかを考えます時、感謝の念を表させていただかないわけには参りません。

ジョゼ・フェレイラ・フェルナンデス教授が発言を求めた。

ほんの数日前、ルシオ・ペナ・デ・カルヴァーリョ教授が退官なさったとき、我々一同は大いに嘆き、残念に思ったのでありますが、学部の方針として退官した教授の再雇用はしない、ということでありました。

生化学部より出された提議はジルベルト・フーベンス・ビアンカラーナ助教授とユキオ・ミヤタ教授の選挙管理のもとで秘密投票にかけられ、賛成十二票、反対三票という結果に終わった。現教授会の三分の二の賛成を得て提案は承認されたとエルネスト・ギースブレヒト教授は宣言した。

教授はさらに言葉を続けた。

次の議題に移ります。助教授の雇用契約破棄の提議です。ご臨席の皆さまにご説明しますと、助教授は一九七四年四月二十三日以来大学に出勤しておりません。この件は大学当局の担当部署に委ねられ、その部署は現行法に従い、助教授の解雇を念頭に置いて調査を進めるよう命じました。このためエンリケ・タスタルディ教授とジェラルド・ヴィセンティーニ教授、それに法律顧問弁護士であるカシオ・ハポーゾ・ド・アマラル博士の三人で構成される懲罰委員会が発足し、同委員会は職場放棄による助教授の解雇を提議しました。この件の選挙をこれより始めたいと思います。

ギースブレヒト教授はまるでイスの座り心地が悪いとでもいうように落ち着かない素振りを見せている。教授会のこの段階で彼がどんなことを頭の中で考えていたか、想像してみよう。

なんていやな会議だ！　あの娘っ子に好感を持ったことはないし、特別優秀な人物というわけでもない。だが、真面目で努力家だった。博士論文のためのモリブデンの研究は決して簡単なものではなかったが、彼女は立派にやり遂げた。……だが我々には選択の余地がないじゃないか？　大学当局からの電話は断定的だった。期限は今週末までだ。規則を遵守して助教授を罷免しろ、という。この最後通牒《つうちょう》はむしろ遅すぎたくらいだ。失踪事件は新聞にだってすでに報道されている。だが証拠はない。政府は否定している。当然だ。国が彼女を拉致したのなら否定せざるを得ないじゃないか。それにしても面倒なことに巻き込まれたものだ。規定は明快で反論の余地はない。化学学部の部長である自分がもし解雇しなければ、職務不履行の責任を問われかねない。いや、もっとまずいことになるかも知れん。反乱分子の共犯だと告発されるかもしれないのだ。科学者である我々の義務はこの学部を守ることにある。廃止や介入の口実を与えてはいかんのだ。大体からして、我々のこの重要な学部を危険に陥れるような権利があの娘っ子にあるわけがない！

テーブルの反対側の端では、学部のもう一人の創設者であり最年長者のゴットリープが学問上のライバルである同僚の頭にどんな思いがよぎっているかを推し量っている。ゴットリープはユダヤ人で、ナチス侵攻の際にチェコスロバキアからやって来た。ブラジルで自然産品調査のための研究所を多数創設している。彼はこのとき、以下のようなことを考えていたのではないだろうか。

部長教授が「週末までに助教授を解雇すべし」との最後通牒《つうちょう》を法務部から受け取ったのは知っている。わしはあの娘がけっこう気に入っていた。大変な努力家だ。他の奴らよりはずっと教養があった。あるとき『魔の山』を読んでいるのを見かけたことがある。ちょっと翳《かげ》のある彼女の表情を見ると、いつも従妹のエステルを思い出す。エステルは亡命生活についに最後まで馴染《なじ》めなかった……。ギースブレヒトの悪者め、ハインリッヒの弟子だと言いながらなんてざまだ！　そんな電話は誰がかけてきたにせよ、ガチャンと切ってしまうべきだったんだ。法務部の言いなりになったりせずに、大学の優位な立場を使って政府当局に圧力をかけ、情報を引き出せばいいのだ。彼女が何で告発されたかを言わせればいい。だが、実際にはまるで逆のことをやろうとしている。あの娘は拉致されたというのに、大学はまるで怠け者が職場放棄したかのように解雇しようとしている。まったく恥知らずだ。……ブラジリア大学に軍部が突入したとき、わしはひどい目にあったが、その上またこんな目に合うことになるとは……。

助教授たちの代表であるジルベルト・フーベンス・ビアンカラーナは教授会に遅刻し、このとき発言しようかと考えたが結局やめた。たぶん怖くなったのだろう。以下のように考えたにちがいない。

我々の立場を決定するために会合を開こうと同僚の助教授たちに提案したら、皆、怖がって尻込みした。こうなったら僕は一人で決めなくちゃならない。彼女のことはよく知らないし、どんなことに首を突っ込んだかも知らない。そんな女性のために自分のキャリアを棒に振るわけにはいかない。ギースブレヒトやゴットリープが何かほかの案を出していれば、たとえば時期を延期するとか、他の解決法があるとかなら、僕としてはそれを支持してもいい。あるいは物理学部から来たニュートン・ベルナルデスが何か提案でもすれば……。彼は教授だし、いつも重要なポストにいて名前も立場もある。だけど、僕ひとりでは、とても……。

助手たちの代表であるミリアンは口を開かない。助教授はとても努力家で研究熱心だと好意を持っていたが、勇気はなかった。

こんなことが起こって本当に悲しいわ。ひどいことよ。ここにいる大物たちがなぜずっと何も言わなかったのかが理解できない。絶対まちがっていたわよ。失踪後すぐに大声を上げていれば、反対の事態になっていたかも知れないのに。大学当局が化学学部に圧力をかけるのではなくて、化学学部のほうから大学当局を動かして、学内に居ついた秘密警察の奴らを叩《たた》き出すよう要求すべきだったのよ。この「適法手段」とか「一連の証拠」とか言っているのは皆くだらない話でファルコン法相から言われたことを鵜呑《うの》みにしているだけだわ。フォーリャ・デ・サンパウロ紙だって二十二人の失踪者のリストを発表し、その中には助教授の名前がちゃんと入っていたじゃない。それなのに、私はここでだれの後押しもなく茶番に参加しなくちゃいけない。欠席すべきだったわ。何か口実を作って欠席すべきだったんだわ。どうして皆立ち上がって「こんなことダメだ！」って言わないの？　一人の人間を拉致されるままにしておいて、そのうえ職場放棄で訴えるなんて、あんまりだわ！

物理学者のニュートン・ベルナルデスも口を開かなかった。たぶん、このタイプの人間が持つ「冷静な洞察力」の結果だろう。

この娘がどんな事に首を突っ込んだかは知らない。私に心を開いてくれたことは一度もなかったし、私も自分から声をかけようとは思わなかった。かなり深刻な問題に関わったのだろうな。左翼運動とか……。あれは戦術がまずいし、無駄な戦いだ。そうだとしても、我々は抑圧を告発することに関しては連帯しなくてはならない。問題はこの教授会が置かれた状況、この学部が置かれた状況だ。ひとりの人間のために学部が潰されたのでは意味をなさない。我々の闘いはもっと広い視野を持って戦術的に優れたものでなくてはならん。解雇は間違っているし、遺憾なことだ。だが、現在の力関係でたった一票の反対票を投じたところでどうなる？　何の解決にもならないばかりか、我々が目的とすることに不利に働きかねないだろう。

ギースブレヒト教授は出席者全員に以下のように説明した。すなわち、懲罰委員会はアルマンド・ファルコン法相が「助教授拘束の記録はない」と言明したことに最も重きを置き、すべての証拠固めをした上でこの決定を下したものである、と。

それから助教授の解雇を提案する報告書をめぐって秘密投票が行われた。結果は賛成十三票、白票二票で、この結果はサンパウロ大学オルランド・マルケス・デ・パイヴァ総長へ報告された。二日後、パウロ・エジディオ・マルチンス州知事の名前で助教授の罷免がサンパウロ州の官報で告知された。同知事もまた、助教授の解雇が不当だったとわかってからも遺族に一度も謝罪しなかった人物の一人である。

二十五　道の名前

分譲地は地の果てのような僻地《へきち》にあった。破格の安値で売り出している。煉瓦《れんが》を少しずつ買い、自分で積み上げて家を建てるような人々にも手が届くようにと考えているのだ。土地を購入した住民たちは当局に働きかけて電気や水道を引いてもらうだろう。バスも通るようになる。そうすれば、街にもっと近い自分の別の土地の価値が上がる。売主はそう見込んだにちがいない。

軍政から民政へという動きが見え始めたのに乗じて、リオデジャネイロのある左翼系の市会議員が、ひとつの条例をひそかに通過させた。その分譲地の道に政治的失踪者の名前をつけるという条例だった。四十七の道に四十七人の名前をつけようというのだ。

その市会議員自身が、まだきちんと区画整理もできていないような分譲地にやってきて、大きな道が交わるいくつかの交差点に杭《くい》を打ち、それに政治的失踪者の名前を書いた青い標識を釘《くぎ》で打ちつけた。失踪者の名前だけが書かれている。生年月日もないし、当然のことだが没年月日も書かれていない。

失踪者の家族は十五人いるかいないかという人数だった。大半がサンパウロから来ていて、リオ市中心部にあるグロリアホテル前に集合した。そこからマイクロバスに乗って、リオ・ニテロイ橋の反対側にある分譲地へ向かった。到着までずいぶん時間がかかった。Kはすべてに疲れ、生きることにも疲れたと言っていいほど疲労困憊《こんぱい》していたが、娘と婿を記念する名誉あるイベントに参加することに決めたのだった。

分譲地に着くと、簡単な記念式典が行われた。市会議員が演説し、恩赦を求めるキャンペーンと行方不明者の遺体がどこにあるかを捜すためのキャンペーンを新たに繰り広げると述べた。道の名前に政治的失踪者の名前をつけて記念することは、人権の大切さと遺体捜索の重要性を強調する教育的意味があるという。

家族の代表として白髪の高齢の女性が話をした。Kはその女性の名前はおぼえていなかったが、最初に会ったときから彼女の顔立ちを忘れたことはなかった。大司教区聖庁での初めての家族会のとき、この女性は息子の失踪について話した。苦い経験を語りながら、聞く者に深い慰めを与えるような話し方だった。この日も彼女は心に響く話をした。苦い経験を慰めを込めて語り、一同は深い感銘を受けた。

その後家族たちは分譲地の略図のコピーを手に小さなグループに分かれ、それぞれの失踪者の名前が書かれた標識を探し始めた。Kは娘と婿の名前を探すのに手間取ったが、やっと見つけると一緒にいた人に写真を撮ってくれるように頼んだ。カメラの扱いは相変わらず苦手だった。

帰途についたときはもう夜になっていた。あとにはその場所にたったひとつの派手な看板が残された。分譲地の広告で、緑の地に赤い大きな字で「救世主タウン」と書かれている。Kは屈辱的だと感じた。単なる偶然だろうが、この「救世主」というのは軍部がクーデターの名前としてつけた言葉なのだ。気を静めようとつとめる。大事なのは、道に行方不明者の名前をつけて彼らの名誉を称えることにあるのだから。

マイクロバスで戻りながら、Kは道の名前に注意を向け始めた。今まで道につけられた名前について何も考えなかったのが不思議だ。ブラジルに着いてすぐは好奇心でいっぱいで、何もかも知りたいと思ったものだ。そのうち慣れてしまった。そして娘の事件が起きた……。

「フェルナン・ディアス通り」と書いた標識があった。Kが住むサンパウロ市にも同じ名前の道がある。先住民狩りと逃亡奴隷狩りで有名な人物だそうだ。聞いたことのない人物の名前の道をいくつか通り過ぎた後、「ミルトン・タヴァーレス・デ・ソウザ将軍大通り」という大きな道に入り、Kは心底驚いた。

この名前の人物のことならよく知っている。忘れようもない名前だ。薬剤師の息子もこの人のことを口にした。ドン・パウロ大司教の口からも聞いた。この人物こそ「情報活動別働隊」という特務機関を創った人だ。そこにエルゾッグ[1]は連れて行かれ、殺された。ソ連秘密警察の頭領ラヴレンチー・ベリヤに匹敵する男、ブラジル版のヒムラーだ。体制批判者を殺すためには手段を選ばなかったという。その人が通りの名前になっている！　しかも目抜き通りだ。こんなことがあっていいのか？　「悪党め！」とKはイディッシュ語で悪態をついた。

怒りにかられたKは、以後、道の名前をひとつ残らずていねいにチェックしていったのだが、リオ・ニテロイ橋でコスタ・エ・シルヴァの名を見つけたときはますます憤慨した。信じられん。全長九キロにも及ぶ壮大な構造物に悪名高い第五軍政令を敷いた将軍の名をつけるとは！

ポーランドでも大通りに国王や元帥の名前をつけてはいた。いたるところにピウスツキやマルジャルコフスカ(2)の名前が見られる。だが、彼の場合はポーランドを統一した英雄だ。悪者ではない。リオ・ニテロイ橋の場合はドイツにゲッベルズ(3)通りがあるとか、アメリカにアル・カポネ通りがあるようなものだ。リトアニアだったら殺戮《さつりく》者のムラヴィヨフを道の名前につけて称えるようなものではないか。

「問題は、ある人々にとって英雄である人物が他の人々にとっては悪者であったりする場合だな」とKは考える。たとえばウクライナでユダヤ人大虐殺を指揮したボグダン・フメリニツキーはウクライナ人には英雄視されている。だからこそ彼の名前をつけた市まで存在するのだとKは憤慨した。

マイクロバスがリオの中心部に着き、ジェトゥリオ・ヴァルガス大通りに入ったときは、心の中で罵倒の言葉を吐いた。こいつは民間人だった。ブラジルに着いた当時は「貧民の父」と呼ばれ、Kも親近感を感じていた。だが、彼は独裁者であり、その指揮下の警察長官フィリント・ミュラーは残忍な男で、多くの人々を拷問し殺害した。「フィリント・ミュラー通り」にはまだ出くわしていない。だが、きっとどこかにあるぞ、とKは思った。

こうしてみると、ブラジルでは悪辣な人間や拷問をする者やクーデターを起こした者どもが、まるで英雄か人類に善をなした人物であるかのように称賛を浴びている。この奇妙な習慣について、今まで深く考えたことはなかった。ブラジル人の生き方については、すでに何度も文章に書いてきたが、このことには今まで気づかなかった。他の国々では今ちょうど逆のことが起こっている。ワルシャワではゲットー蜂起の英雄を称えて、古くからの「ゲシア通り」が「アニェレヴィチャ通り」に改名された。円形広場の名前にあの裏切り者のファシスト、ロマン・ドモフスキの名が残ってはいるが、これは必ず変更されるにちがいない。フランスでは道の名前からペタンの名前を消していると新聞で読んだことがある。ナチスのフランス占領時にユダヤ系フランス人七万六千名をドランシ収容所に連行することに同意したことが発覚したためだ。ドランシからナチス支配下の強制収容所に移された人々はホロコーストの犠牲になった。六千人いた子どものうち、生き残ったのは三千人に満たないという。

サンパウロに戻るバスの中でKは少し心が静まった。リオ・サンパウロ間を結ぶ高速道路は「ドゥトゥラ街道」と呼ばれ、彼が知る限りではドゥトゥラ大統領は民主主義者だったからである。とはいえ、彼も将軍であり反ユダヤ主義者だった。共産党の下院議員たちの政治的権利を剥奪し、戦争を逃れてきたユダヤ人難民の入国を困難にした。だが、知る限りでは、誰も殺

したり拉致したりはしなかったと思う。
　サンパウロ市に近づいたところでバスは橋の下をくぐったが、その陸橋には「ミルトン・タヴァーレス将軍橋」と書かれていた。この犯罪人の名前がまた出て来た……この橋の下は何回も通っていたのに、その名前に注意を向けたことがなかったとは！
　連日、無数の人々がこのあたりを行き来する。若者や子どももたちもいる。この標識に書かれた名前を見て英雄だと思ってしまう可能性があるではないか？　いや、もともとそれが目的なのだろう、と考えてはっとした。政治的失踪者の名前が書かれた標識が地の果てのような場所にある理由をKは心底納得したのだった。

（1）Vladimir Herzog（一九三七―一九七五）ジャーナリスト。サンパウロ大学ジャーナリズム学科教授。一九七五年に拉致され、警察は翌日自殺したとして写真を公開。その状況から拷問の結果殺害されたことが明らかになり、大きな問題となった。サンパウロ市のセー大聖堂で諸宗教合同のミサが執り行われ、ユダヤ教のラビも参加。自殺ではなかったとして、ユダヤ教徒の墓地に埋葬された。

（2）Marshal（元帥）から派生した言葉でピウスツキを指す。

（3）Joseph Goebbels（一八九七―一九四五）ナチス・ドイツの宣伝活動の責任者。ヒトラー政権の啓蒙宣伝相

二十六　残された者たち

人の生に二つとして同じものはないが、大切な人に先立たれた者たちにはひとつ共通していることがある。鬱病を（程度の差こそあれ）背負いこんでしまう、という共通点だ。だからこそ喪失の悲しみを子どもや孫たちに語ろうとはしない。若い人々が自身の人生を構築する前に鬱病が彼らを襲うのを避けたいと願うからだ。同様に友人たちに対してもその話に触れようとしない。もし彼らからその件を持ち出そうとでもした場合は居心地悪そうな素振りをするだろう。Kは子どもたちにポーランドでの姉二人の死について一度も打ち明けたことはなかったし、彼の妻もまた自分の一族全員がホロコーストの犠牲になったことを話そうとはしなかった。

残された者たちが「現在」を生きられるのはほんのわずかな間だけだ。自分だけが生き残ったという驚きが過ぎ、普通の生活にやっと戻れたまさにその時に、過去の悪魔が驚くべき力を持って再び目の前に立ち現れる。なぜ自分は生き残り、彼らは死んだのか？　数十年たった後にも、このような問いに心をかき乱されるのは、よくあることなのだ。

映画『ソフィーの選択』の中で、一人のポーランド人女性はひとつの選択をナチスの軍医から迫られる。男の子と女の子の二人の子どものどちらを生き延びさせたいかを選べというのだ。これがもしユダヤ人女性だったら選択も何もなかっただろう。二人とも焼却炉行きだったはずだ。ポーランド人だったから「母親が選ぶ。選ばなければ二人とも殺す」という新手のゲームが考え出されたのだ。「ソフィーの選択」という言葉は、どちらを選んでも同じようにつらい「選択不可能」と言う意味で使われるようになった。

軍医は二人の子どもと母親を殺してしまえば簡単だし、だれを殺しだれを生かすかは自分が決めればよいのに、なぜそのような苦渋に満ちた選択を母親に迫ったのだろうか？　サディズムだろうか？　そうかも知れない。だが、これは実利的なサディズムだ。加害者はこうすることで、子どもを死なせた自責の念を母親に転嫁できるからだ。「だって母親が選んだんだぜ」と言えるのだから。

この自責の念は母親の魂を何年もの間蝕《むしば》み続ける。そして戦争にも生き残り、アメリカに渡ったソフィーは結局自殺する。自分が犯したわけではない罪の重さに、ついに耐え切れなくなったのだ。

良心の呵責《かしゃく》。そう、いつも良心の呵責がつきまとう。あの眼差しに込められた恐怖に気づかなかった。あんなふうに振る舞ってしまった。もっとやっておくべきだった。両親のわずかばかりの遺産を自分ひとりで相続してしまった。他人の本を横取りしてしまった、など。果ては、自分から要求もしなかったのに、政府からわずかばかりの賠償金をもらってしまったことに良心の呵責《かしゃく》を感じたりする。突き詰めれば、生き残ってしまったことへの良心の呵責、自責の念である。

ミラン・クンデラによると、カフカは全体主義体制にインスピレーションを得たと一般的には解釈されているが、そうではないらしい。父親からマイナスに評価されるのでは、という恐怖、つまり彼自身の家族関係から強い影響を受けているのだそうだ。『審判』の中でヨーゼフ・Kは裁判を受けねばならないような過ちを過去に犯したことがあるのではと疑い、微々細々にいたるまで自分の過去を吟味する。

短編『判決』の中で、父親は息子を断罪し、溺死するよう命じる。息子は実在しない罪を認め、おとなしく河に身を投じる。その後書かれた『審判』で、ヨーゼフ・Kの身にも同様なことが起こる。体制がそう告発しているのだから実際に罪を犯したにちがいないと信じておとなしく処刑されるのだ。後年自殺したソフィーと同じように、二人とも従容として死につくのである。

この国の「生き残った者たち」もまた過去の記憶を丹念に遡り、悲劇を避けられたはずなのに何かの理由でできなかった瞬間がいつだったかを見きわめようと模索している。カフカによって明らかにされたこの「罪を誰のものとするか」のメカニズム全体をクンデラは「家庭内全体主義」と呼んだ。我々の場合は「軍政の制度的全体主義」とでも呼べばよいだろうか。

というのは、行方不明者の一人ひとりが、いつ、どのように拉致《らち》され殺害されたかの情報が

開示されれば、残された家族は「ああしていれば、悲劇は避けられたのに」と思い悩まずに済むのは明らかなのに、当局はあくまで事実を隠そうとしているからだ。

だからこそ拉致被害者家族への賠償金は、家族側から要求するまでもなく、寡少とは言え迅速に支給された。むしろ、この事件を闇のうちに葬るのが目的で、請求に先立って支給されたというのが本当だろう。調査をする余地を残さず、死者を葬ることもせずに、事件そのものを葬ってしまった。過ぎ去ったことに一定の決着をつけるために、家族をその意思に反して共犯者に仕立て上げようとする、実に巧妙なやり口だ。

隠された事実は不透明で疑問は深まるばかり。おまけに賠償金も受け取ってしまった。こうなると、残された家族たちは罪の意識を個人や家族の悲劇として留めてしまわざるを得ない。これこそ「制度的全体主義」のやり口なのだ。悲劇は社会全体で共有すべきものであり、半世紀も過ぎた今でもまだ続いているというのに……。

二十七　兵営

一日に千回も死んでどうする?
ひと思いに死んでしまえば、苦悩は消え、安らぎが訪れるものを
ハイム・ナフマン・ビアリク(1)

その兵営をKは四十年以上前から知っていたが、まさか政治囚へのタバコの差し入れを持ってその場所を訪れる日が来ようとは思ってもみなかった。ブラジルに移住した当時、そこは軍警の小さな駐屯地で、美しい栗毛《くりげ》の馬を育てるための牧場があった。Kは行商用の馬車に乗り、毎日のように牧場へ向かう土ぼこりの立つ道を走ったものだ。何人かの駐屯兵やそこの指揮官であるジュリオ中尉とも知り合いになっていた。

当時は今のように商店もなく、サンパウロ市の中心街へ行くバスは、そのあたりでたった一つの舗装道路であるカンタレイラ大通りしか通っていなかった。女たちは行商人が来るのを心待ちにしていた。きれいな布やブラウスやネグリジェを持ってきて、それを月賦で売ってくれ

るからだ。Kにとって得意先の人々は実に魅力的だった。裏庭にはジャブチカーバの木があり、ポルトガル女性たちは家庭菜園でケールを作っている。ああ、それに黒人と白人の混血のムラータと呼ばれる女たち——ポーランドでは一度もムラータを見たことはなかった。買い物はしてくれなくても一向にかまわず、Kは女たちの話を聞くのだった。

たくさんのケールやバナナを土産にもらってKは帰途についたものだ。馬から馬具を解くのももどかしく、隣家に住む兄にその日に起きた様々な出来事、会った人々、聞いた話をあれこれと話して聞かせる。それからペンをとる。イディッシュ語で書いて新聞社に送るのだ。サンパウロだけではなく、ブエノスアイレスやニューヨークのイディッシュ語新聞にも記事は掲載された。そんなわけでKのことはボン・ヘチーロ地区に住むユダヤ人たちにも知れ、そのうちの一人が店を始めるための資本金を出す共同経営者を見つけてくれた。共同経営者は資本金を出し、Kは顧客を引き連れてきた。

娘が失踪したころには舗装された道路がだいぶ増え、客のところへ行商に行くのではなく、客が店に来るようになっていた。娘が失踪する前とその後のKを比べて、人々は心を痛めた。以前はKが客の話を聞きたがった。今は客のほうがKの嘆きを聞いてやらねばならない。そのうちの一人、アデミール軍曹は行商のころからの得意先の家の人で、「バッホ・ブランコの軍警兵舎に政治囚たちが連れて来られましたよ」と教えてくれた。

政治囚は三十人近いと言う。そのうちの誰かが娘のことを知っているかもしれない。指揮官のアリスチーデス大佐は軍曹の義兄だそうだ。もしかしたらKが政治囚と面会し、話をするのを許可してくれるかもしれない。

Kはどの政治囚の親戚でもないから規則には反するのだが、指揮官は許可してくれた。こうして、ある土曜日、灼《や》けつくような日差しのもと、タバコとチョコレートの包みを抱えたKは期待を胸に兵舎の前に立った。見たことのない巨大な建築物が昔の牧場の一部に建っている。案内してくれるアデミール軍曹が、「あれが軍警の病院です」と二階建ての一番大きいビルを指さした。

監獄はずっと先の広い中庭に接するあたりにあった。「法を犯した軍警を収監する軍警用の監獄です」と軍曹が説明する。半分独立した一棟が政治囚に充てられていた。

Kは政治囚用の監獄に向かって歩を進める。一歩一歩歩くにつれ、ポーランドで捕まったときの記憶がよみがえって来た。ヴウォツワヴェク市の商店街を見せしめのため鎖につながれて引きずられていったことを再び思い出した。今の彼は鎖にこそつながれていないが、背中を丸め、足を引きずるようにして歩いている。疲労困憊《こんぱい》していた。考えもしなかった娘の失踪から十四か月が過ぎていた。

ポーランドでは「ユダヤ人労働者社会主義民主党」の創設に力を貸し、そのために青年時代二度も入獄したのだが、それと同じ党にブラジルでも属していた。ただし、活動は文化面、特にイディッシュ語普及に限ってきた。この四十年間自分がやってきたことは全て自己欺瞞《ぎまん》に過ぎなかったと、今、Kは思う。自分が書いた本、小説、短編、未知の世界への憧れ、これらすべてがひょっとして娘を呑《の》み込んでしまったのではないか……。

娘をあまりに早く失ったことがひとつの懲罰のように感じられた。文学や作家仲間にすっかり心を奪われていたことへの罰ではないかと。長男は早くから父親を疎み、怒って家を出た。それきり一度も和解したことはない。長男の反抗や学校での素行にKはどう処してよいかわからなかった。もう一人の息子のほうが大人しかったが、思索にふけることが多く、口数が少なかった。この息子も結局は家を出て行った。

Kは娘を溺愛した。息子二人とガン患者の妻にしてやれなかったことを、代わりに娘にしてやっていたようなものだ。だが、今となっては娘への偏愛も運命の仕掛けた罠《わな》のように思えるのだった。まず娘を特別に愛するように仕向け、その後よけい苦しめるという悲劇が現在進行中なのだから。

Kはタバコとチョコレートが入ったバッグをしっかりと握りしめる。政治囚が収監されている半ば隔離された棟が近づいていた。太陽が容赦なく照りつける。額からも、顔全体からも大量の汗が噴き出てくる。左手でポケットからハンカチを取り出して汗をぬぐう。そのときKは思い出した。春にしては暑いポーランドで母親が入獄中の自分に過ぎ越しの祭(2)の食事を差し入れに来てくれたことを。兄弟が十人いて極貧状態だった。それでも母は疲れも見せず、面会日に手ぶらで来ることは一度もなかった。少なくても一切れのパンかゆで卵一個、祝日には特別のご馳走《ちそう》を差し入れてくれたものだ。

あのポーランドの監獄で、Kはタバコとチョコレートがいかに貴重かを知ったのだった。だから今、それを政治囚たちのためにバッグに詰めてきた。バッグに詰まっているのは自分という人間のアイデンティティ、記憶のすべて、人生の貸借対照表だ。ひとつの人生のサイクルが完成しようとしていた。最後が最初に手を伸ばして届いたが真ん中がない。四十年間の空白である。Kは疲れ果てたと感じていた。脚はふらつき、頭がくらくらする。軍曹に支えてもらって、やっと監獄に着いた。

囚人たちはKを待ち受けていた。全員男性でほとんどが若者だった。きちんとした身なりで、ひげも剃《そ》っている。だが、Kは彼らの表情がこわばっているのを見て、相当長期間収監されているのだろうと察した。彼らの目つきを見ればそれとわかる。紛れようもないまなざしだ。それはK自身のありし日のまなざしだった。

軍曹の説明によると、ハンストの結果、待遇はずいぶん改善されたのだそうだ。建物内を自由に歩けるし、共同の炊事場も作れたし、各種のセミナーも開いている。彼らの多くは学校や大学の教師なので、と説明すると軍曹は帰っていった。

囚人たちはイスを丸く配置し、Kはその前に座った。バッグを床に置くとすぐに今まで何回となく話した話を始めた。だが、まるで初めて話すように話している。一人の囚人の目をまっすぐに見つめ、次にもう一人へと目を移す。言葉は時々もたついた。話しの途中にイディッシュ語が混じったりする。まるでリフレインのように「私のかわいい娘《マイン・タイアー・テフター》」というイディッシュ語が何度もくり返された。ブラジルに着いた当初の、訛《なま》りの多いしゃべり方に戻ったようだった。

囚人たちは紅潮したＫの顔から目をそらすことなく、静かに聞き入っている。まるで膨れ上がった眼窩《がんか》の中の血走ってうるんだ眼に催眠術をかけられたかのようだ。多くの者があのときのことを生涯忘れないだろう。老人の苦しみが囚人たちの心に強く響いた。そのうちの一人、ハミルトン・ペレイラ(3)は数十年後に「老人の痛々しい身体は二つの目、二つの炎のごとき目だけで保たれているようで、まさに絶望が肉体の形をとった感があった」とそのときのことを描写している。何人かは同じ非合法組織のメンバーで、Ｋの娘と夫を知っていた。全員が、二人の身に何が起こったか、誰が二人を密告したかまで知っていた。Ｋの娘がずっと前に殺されていることを知っていた。

突然、Ｋは嗚咽《おえつ》をもらし始めた。囚人たちは沈黙を守っている。何人かの目には涙が浮かんでいる。Ｋは体を前方に傾け、両手を顔にあてた。嗚咽を抑えることができない。何をする力も残っていなかった。ひどく疲れ切っていると感じた。そこで、（たぶん嗚咽を抑えるためだろう）もう少しかがんで床にあるバッグに手を伸ばし、中のタバコとチョコレートを配ろうとした。

その瞬間、Ｋの体が崩れ落ちた。

前の席にいた囚人たちは驚いてKのそばにかけ寄った。タバコの包みを放そうとせず、左手にしっかり握ったまま、荒い息を吐きながらKは床に横たわった。三人の囚人がKの背中を下から支え、平らなままゆっくりと持ち上げると、すぐ隣の房へ運び、二段ベッドに寝かせた。

Kは十分間近く目を閉じたままだった。胸は大きく波打ち、息づかいが荒い。そのあと瞼《まぶた》が開き、Kは自分を取り囲んでいる政治囚たちに気づいた。彼らの後方の壁の高いところには故国の獄中で見慣れた鉄格子つきの小窓がある。小窓は外からの太陽の光と自由を約束している。Kは安らぎを感じた。とても疲れていたが心は安らかだった。手を伸ばし政治囚たちにタバコの包みを差し出す。

次の瞬間、彼の両手から力が抜け、彼の両目は閉じられた。

（1）Hayim Nahman Bialik（一八七三—一九三四）ウクライナ出身のヘブライ語詩人。イスラエルの国民的詩人として知られている。

（2）ユダヤ教の祭り。モーセに率いられてユダヤ人がエジプトを脱出するとき、神の約束通り、死の天使がユダヤ人の家は過ぎ越してエジプト人の家にだけ訪れたことを記念して行われる。三月末から四月はじめの一週間、家族全員が集まり特別な料理で祝う。

（3）Hamilton Pereira da Silva（一九四八—）詩人。一九七二年から七七年まで政治囚として収監された。獄中で書いた詩をPedro Tierra（ペドロ・ティエッラ）のペンネームで発表。引用部分は『Poemas do povo da noite（夜の民衆の詩）』（Editora Fundação Perseu Abramo,2009）より。

二十八　同士へのメッセージ

同士クレメンテへ

君はパリのグループに「組織はもう存在しない」と言ったそうだね。だから今でも君を同士と呼んでよいかぼくにはわからない。君のこの発言は弾圧の矛先をそらすためと解釈できなくもない。でも、君が共産党(1)と接触しているという話も耳に入っているんだよ。

君にぜひわかってほしいのは、抑圧側はぼくらの組織が消滅したとは思っていない、ということだ。追及は続いている。先週、いくつかの組織の五人――その中にはぼくらの仲間のユリも含まれているのだが――が捕まったのち行方がわからなくなった。奴らの手にかかったものは、最近では完全に消されてしまうのだ。今年になってから、ぼくらが知る限りだけでも行方不明者はすでに四十三人を数える。

今こそすべてを見直す時なのだ。ボス(2)がいつも言っていたじゃないか。「敵が誰かを知るだけではだめだ、自分たちの目的をはっきり知らなくては」と。エルブリック米国大使の誘拐事件(3)以来こちらは仲間を失うばかりで、状況を見直すとか、目的をはっきり定めるということをしてこなかった。数十人の若い同士たちが敵の手に落ちた。それなのに、安全確保をより厳重にするどころか、かえって緩めてしまった。緊張感が欠けているのだ。電話で待ち合わせを決めるなんてもってのほかだ。

「独裁政権は捕縛して囚人にするのは止め、皆殺しにすると決めたのでは？」との懸念は前からあったんだ。もっと事態を分析して自己批判し、自分たちの孤立状態を認めるべきだった。そうしてたら多くの命が救えたかも知れない。それなのに、最後まで闘うと決定した。そんなことをしてもどうにもならないのに。そこから狂気が始まったのだ。「もし十の命があれば十の命を差し出そう」というタイプの宗教的なものになってしまった。結局のところ、全員殺戮《さつりく》という独裁体制の術中にはまってしまったのだ。「チェ・ゲバラのように死ぬしか他に道はない」と病的な運命主義に陥っている同士たちを何人か見てきた。

マルシオは大勢の無駄な犠牲が出るぞと警告していた。ぼくらは集団自殺に向かって行進していると言った。覚えているだろう？ その彼のためにこの手紙を今ぼくは送っている。マルシオは「どの社会階層にも支持されず、政治的行動を伴わない闘いをするのは無意味だ」と論じた。そしてボスが殺られた後、組織が反撃を準備しようとしたことに反対した。

ボスは自分が倒される前にすでにそのことを内心感じていたのだろう。だから何人かの同士を解放してやった。別の人生を生きられるはずだと彼が判断した者たちだ。ボスは絶望的な状態であることを認識していた。敵の手に落ちたときの状況から考えるとすでに死を覚悟していたものと思われる。

もうひとつの間違いは若者と老人を分けて考えなかったことだ。五十年間も戦って勝利も敗北も経験し、子どもも孫もいる指揮官と、まだ何も知らず、十分生きたとはとても言えない二十歳そこそこの若者とでは全然話がちがう。ボスには五十年の経験があった。ボスと言われるだけのことはある。だが、ボスはマリゲーラ[4]の死後も闘いの継続を主張するという大変な誤りをおかした。どう考えてもそんな状況ではなかったのに。ボスは中止の指令を下すべきだった。その指令を下すべき時はあのマリゲーラが殺された時点だったのだ。

全体を見渡す視野をぼくらは段階的に失っていったと、今、つくづく思う。全体が見えないということは個々のものの関連性、矛盾、限界が見えないということでもある。ぼくらは視力を失った。武力闘争という強迫観念に捕らわれて、完全に現実が見えなくなってしまった。

知っているだろう？　マリゲーラは偉大な統率者で全体的な方針を決定していた。だが、すべてを動かしていたのはボスだったんだ。戦略グループには名前を連ねていなかったが、すべてを仕切っていたのはボスだった。その彼が倒されて、もう闘争を継続する意味は完全になくなった。ぼくらはマルシオにそのことを統括部に伝えてくれと頼んだ。ぼくらの提案に対する返事は何の理由づけもない却下だった。それでいて新しい行動方針も示されなかった。無責任極まるとは思わないかい？

マリゲーラの死後、同士たちと協議するためにボスがキューバに行ったときには、武装闘争の時代は終わった、ということがすでにはっきりしていた。それで、政治活動を再開するとか、工場へ行くとか、キューバ式の革命はブラジルには向かないから断念するというようなことが討議された。そのことをサラティーニが文書にまとめ、ブラジルの統括部が受け取り、ぼくらの多くも受け取っている。分離派とされた人たちは、あまりにも厳しい弾圧を前に、活動を停止して消滅するという立場をとった。アルイジオもまた活動を停止したいとパリに求めた。多くがそういう意見だった。だがボスは非現実的なプランに固執した。都市部では活動の火を消さないよう武装ゲリラ活動を続け、その間に長期的戦略闘争のためのベースを農村部に準備するという案だ。いつもながらの美しい言葉と戦略だが現実性が完全に欠如している。

ボスは敵のスパイが組織内部に侵入していること、あるいは仲間うちに裏切り者がいることをすでに察していた。実際いたのだ。それも一人ではなく複数いたことが今ではわかっている。何か具体的な証拠があるからではなく、次々と襲撃されたことでわかったのだ。現実を分析することはしないで、「裏切り者がいる」というのが強迫観念となった。躊躇《ちゅうちょ》し始めた者たちへプレッシャーをかける理由となった。安全の問題として考えられるべきことがイデオロギーの問題とされ、さらに悪いことにはモラルの問題とされた。まるで組織を離れることが裏切りと同じであるかのように。

君は裏切りの疑いでマルシオの処刑を決定した会合の主なメンバーだった。彼の処刑後、最近何回か襲撃されたことで、ぼくらの疑いが正しかったことが証明された。マルシオは裏切り者なんかじゃなかった。マルシオが殺されたのは、組織を抜けさせてほしいと上層部に頼んだからなんだ。組織の声明はうそだった。マルシオは組織を守るためにに処刑されたのではなく、動揺している者たちは裏切り者として総括されるという見せしめだったんだ。マルシオは何ひとつ罪を犯さず、誰も密告したりしなかった。組織を離脱したがっただけで彼は死刑を宣告された。このことがあまりに明らかだったから、ミルトンは反対したんだ。

頼みを聞いてマルシオを自由にしてやるのではなく、君は逆の判決を下した。そのことによってすでに負けている闘いをおしまいにするという道を閉ざしてしまった。たくさんの命が失われずにすんだはずだった。もう終わりにすべきだったんだよ。ボスを敵に売ったタヴァーレスだって彼一人が通報者だったわけではない。少なくとももうひとりはいて、会合に出入りし、ぼくらの正体を突き止めようとしていたのだから。

資本主義社会の裁判だって、全員一致でない限り死刑の判決は下さない。君たちは証拠もなく罪状も特定しないで死刑を宣告した。独裁政権のメソッドを自分たちが取り込んでしまったんだ。声明文の中でマルシオを「分子」と呼んで、軍警が使う言葉づかいまでも取り込んでいる。それから君たちはジャイメを処刑した。拷問されて警察にしゃべった内容をすべて君たちに知らせたのにかかわらずだ。そこで、口を割ったものは、たとえ拷問されたからにしても、裏切り者だというメッセージがはっきりする。まるで拷問された者は断罪できると思っているみたいだ。この件に関してひとつのタブーを作ってしまった。独裁政権の恐怖政治を自分たち

が実行しているのだ。その次はジャッケスの番だった。彼もまた拷問されて口を割り、注意を促すために上層部に申し出た。三人の処刑だ！　一九七三年六月に君たちがジャッケスを処刑したときにはぼくらが手痛い襲撃を受けてからすでに二年が過ぎていた。

それなのに、君はパリへ行って「組織はもう壊滅した」と言う。そう言うのは簡単だ。もちろんもう壊滅したのだから。三年も前に壊滅している。だが、ぼくらの書類はいったいどうする？　全部焼却するか？　どうやったらこの書類全部を守れる？　もう活動していないのに奴らはぼくらを殺そうとしている。どうやったらそれを防げる？　抑圧側はぼくらを一人残さず殺すと決めているのだ。だから組織がどうやって組織に留目を刺すか決めてくれなくちゃいけない。ぼくらにはこの罠《わな》からどうやって抜け出せるかわからないのだ。

君がぼくからメッセージを受け取るのはこれが最後になるだろう。受け取るころにはぼくと妻はもう殺されているかもしれない。追っ手はそこまで迫ってきているんだ。この手紙がどのような経路で君の手に届いたかの詮索はしないでくれ。また手紙をとっておくのもまずい。一番良いのは読んだら破棄することだ。同じ注意を書いて、この手紙のコピーを数少ない生き残った者たちにすでに渡してある。

ホドリゲス

(1)ブラジルの共産党は武装ゲリラ活動には反対の立場をとっていた。

(2)一九七〇年に殺害されたJoaquim Câmara Ferreiraのこと。ブラジルの軍事独裁政権に抵抗した武装グループの一つ、ＡＬＮの指揮者カルロス・マリゲーラが殺害された後を引き継いだ。

(3)Charles Burk Elbrick米国大使。一九六九年武装グループに誘拐され、政治囚と引き換えに解放された。

(4)Carlos Marighella（一九一一―一九六九）ブラジルのマルクス主義革命家。共産党の国会議員だったが、その後ＡＬＮを創設し軍事政権に抵抗。著書『都市ゲリラ教程』は二〇言語に翻訳されている。一九六九年警察の待ち伏せ攻撃を受け、射殺された。

二十九　おわりに――届き続けるメッセージ

あれから四十年近くもたったある日、突然、まったく突然、息子の家に電話がかかってきた。拉致され殺害された叔母に一度も会ったことがない息子が住む家、かつての私の家に。女性の声でフルネームを名乗り、フロリアノポリス(1)に住んでいると自己紹介した。親戚を訪ねてカナダに行き、少し前に戻ったばかりだという。カナダのレストランでその親戚とポルトガル語で話をしていたら、一人の女性が近づいてきた。ブラジル人でこういう名前の者だとフルネームを告げた。それは消息を絶った叔母の名前だった。電話の女性は連絡先の電話番号を告げて電話を切った、と息子は言う。

私はその番号に電話をかけることはしなかった。失踪直後の数か月間、私たちが真相に近づきかけると必ず、妹の居場所を知らせる偽の情報がもたらされた。そのたびにがっかりしてどっと疲労感を覚えたのを思い出したからだ。

なぜ今ごろこんな電話があったのだろう？　そういえば、少し前にブラジル弁護士協会がテレビにキャンペーンを流した。ひとりの女優が拉致される模様を演じて、拉致被害の真相究明を訴えたものだった。電話はそれに対する応酬に違いない。きっとそうだ。
抑圧のシステムはいまだに消滅していなかった。カナダ帰りだという女性からの電話は、そのシステムが寄越したメッセージだったにちがいない……。

二〇一〇年十二月三十一日　　サンパウロにて

（1）ブラジル南部サンタ・カタリーナ州の州都

解説

小高利根子

ブラジルがサッカーワールドカップの開催国となった二〇一四年は、日本から数多くのファンがはるばる観戦に出かけ、日本のメディアもそれまでになくブラジル関連のニュースを取り上げた年でした。

その年の一月、サンパウロ市内の書店で『ノーモア・ブラジル』という本が平積みになっているのを見つけたときは本当にびっくりしました。二十一年間に及ぶ軍政が終わり民政移管を果たした一九八五年に出版された、軍政時代の人権抑圧を告発する書。真っ赤な表紙からはみ出すように大きく書かれたBRASIL《ブラジル》:NUNCA《ヌンカ》 MAIS《マイス》（「ノーモア・ブラジル」の意）の文字が目に突き刺さるような迫力を持っています。考えてみれば、発刊以来約三十年間、書店の書棚から完全に消えたことはなかったかも知れません。でも、そのときはなんと店の中でもひときわ目立つコーナーに平積みになっていたのです。

そこで初めて気づきました。二〇一四年は軍事クーデターが起きた一九六四年からちょうど五十年目の節目の年だったのです。『ノーモア・ブラジル』だけではありません。数年前から軍政時代の人権抑圧を告発する本がかなり目に立つようになっていました。本書『K——消えた娘を追って』もその流れの中の一冊と位置づけることができると思います。

前ルーラ大統領も今のルセフ大統領も軍政時代の弾圧の被害者でした。ルセフ大統領のもと「真相究明委員会」が二〇一一年に発足し、その最終的な報告書の提出は二〇一四年十二月十日の国際人権デー当日ということも決まっていました。委員会の調査が進むにつれ、テレビ、新聞、雑誌などの報道も頻繁となり、当時からうわさされ、本書「二十　カウンセリング」にも登場する「死の家」の画像と関係者の証言もテレビのニュースで報道され、実際に見ることができました。

筆者が夫の転勤のため初めてブラジルの地を踏んだのは一九七〇年。以来サンパウロ市に数年ずつ四回、通算二十二年余り住みました。二〇〇六年からは日本に本拠を移し、ブラジルと行ったり来たりという生活を続けていますが、二〇一四年はたまたまブラジルにいる期間が一番長かった年で、「五十年目」をめぐる動きを実際に見聞きすることができましたし、「軍政に戻るようなことは絶対許さない」という人々の思いを実感することができました。

本書はある日突然姿を消した娘を捜す父親Kの物語。Kはユダヤ系ポーランド人で、ブラジルに移住する前に祖国で反政府活動のため投獄された経験を持っています。イディッシュ語の詩人、文筆家で、その作品はブラジル国外でも発表され、賞を受けたこともありました。

娘の失踪に絶望した父親は捜索の過程で娘が反政府運動に関わっていたこと、すでに同士と結婚していたことなどを知り、娘のことを何も知ろうとしていなかったと自責の念に苛まれます。父親の苦悩と真相解明を求める姿、失踪者家族たちの訴え、娘や婿の手紙、軍部側の動き、そしてなんらかの形で事件に関わった人々の思いが、まるでひとつの合唱のように響き合って、全貌が少しずつ明らかになるという筋立てになっています。

またKのポーランドでの体験が事あるごとに思い出され、語られることにより、位置的にはヨーロッパとブラジル、年代的には第二次大戦の前と後、というような重層的な構造を作り出しています。さらにユダヤ民族の長い迫害の歴史やホロコーストの影響が、まるで通奏低音のように全編を通じて流れ、短い小説ながら時空を超えた広がりと深さを読者に提示していると思います。

軍事政権時代（一九六四年〜一九八五年）

軍事クーデターというと、一時的に軍人が権力を掌握し、その後民主的な選挙を経て文民政治に戻るというイメージが強いかも知れません。しかし一九五九年のキューバ革命後の南アメリカ諸国では事情が少し異なっています。自国の「裏庭」がキューバ化するのを怖れたアメリカに後押しされた軍部が直接政権を握り、文民の技術官僚を起用して組織的な軍政を敷くという新しい形が生まれてきたのです。社会主義化、共産化を怖れる中産階級の支持を受け、外国資本の後押しも得て、長期的に安定した政権の座を確保することになりました。

一九六四年に始まった軍政は次々と軍政令を出して独裁色を強め、一九六八年の悪名高い第五軍政令では大統領の権限を大幅に強化、表現の自由は極端に制限されるようになりました。このころから合法的に政府を批判する方法は閉ざされ、活動家は国外に亡命するか地下に潜って非合法活動をするしか道がなくなってきたのです。

本書の舞台は一九七四年から一九七五年にかけてのサンパウロ市。「ブラジルの奇跡」と言われた経済的には急成長の時代でしたが、その華やかさの陰で反政府的な動きを徹底的に壊滅しようと軍政府が躍起になっていた時代でもありました。

アナ・ホーザ・クシンスキー

著者自身が「この本の中のできごとはすべてフィクションですが、ほとんどすべてのことが実際に起こったできごとです」と述べているように、文中の「K」は著者の父親であり、失踪したKの娘は著者の妹にあたります。「七　女友だちへの手紙」の末尾にA.とイニシャルのみ記されている妹の本名はアナ・ホーザ・クシンスキー・シルバ。サンパウロ大学化学学部の教師でした。

本書で語られている出来事の多くは、著者が年老いた父親と共に経験したことを、また父親の死後は自分自身が継続した妹の捜索を土台に書かれているようです。

アナと夫のウイルソン・シルバの名前は前述の『ノーモア・ブラジル』はもちろん、民政移管直後に筆者が入手した本数冊に挙げられています。二人は一緒に軍部に拉致され、尋問されたあと、たぶんリオ市近郊のペトロポリスにあった「死の家」で拷問され殺害されただろう、ということは当時から言われていたことでした。ただ当局は二人を拉致したこと自体を否定しているので、どこにも証拠がありません。

一九九〇年代になって、やっと週刊誌などのインタビューに答える形で抑圧側の人物たちからの証言がいくつか明るみに出るようになりました。どれも夫婦が軍部に拉致され、拷問の末、殺害されたことを認める内容です。

一九九一年には当時のルイーザ・エルンジーナ サンパウロ市長が「軍政時代の死者・行方不明者を記念するためにサンパウロ市内の道に彼らの名前をつける」ことを公式に決定。市南部のジャルジン・トッカ区の道に「アナ・ホーザ・クシンスキー・シルバ通り」という名前がつけられました。

アナの卒業写真

新たな展開をみたのは、『ある汚い戦争の回想録[1]』の発刊でした。本書が出版されたのは二〇一一年ですが、その翌年のことです。クラウジオ・ゲッハという人物の証言を二人のジャーナリストが聞き取ってまとめたもの。ゲッハは公安警察のメンバーとして軍事政権の弾圧の実行者となり、多数を殺害し、拷問の犠牲者の遺体処理にも関わった

アナ・ホーザ・クシンスキーの記念碑

人。その後、別の罪で服役中に改心してキリスト教の牧師となりました。

アナとウイルソンの夫婦については本文に二ページ強の記述があり、彼ら二人を含む十人の遺体の処理を自分自身が手がけたことが記されています。それまでは正規の墓地でないところに埋めたり、海に流したりしていましたが、当局も遺体の処置に難渋するようになっていたときで、ゲッハは知り合いのサトウキビ工場の炉で焼却することを上司に提案したそうです。彼自身が部下一人と共に車でその農場まで遺体を持って行き。焼却に立ち会ったと記されています。

この証言を全面的に信用したとすると、アナ夫婦が軍部に拉致され殺害されたことは明らかになりますが、遺体が焼却されてしまったことで、二人は永遠に「行方不明者」になってしまいました。遺体がなくては犯罪は成立しないからです。「十四　困窮」の「葬式を出すこともできない」というウイルソンの父親の嘆きも、「十三　墓碑」の「娘の墓碑を建てたい」というアナの父親の願いも、ついに解決を見ない結果となりました。

「二十四　教授会」の章にあるように、アナは「職場放棄による解雇処分」を受けていましたが、家族、同僚、友人たちの長年の運動が実を結び、二〇一四年四月教授会は解雇処分の撤回を全員一致で決議し、家族に公式に謝罪しました。同年四月二十二日、アナが拉致されてちょうど四十年目の日にサンパウロ大学ではアナを表彰する記念碑の除幕式がとり行われました。名前のホーザ(Rosa)が「バラ」を意味するところからイメージしたのでしょうか。記念碑は美しいバラの形のオブジェです。

アムネスティ・インターナショナルの取り組み

本書が著者から送られてきて初めて読んだとき、一番最初に気になったのは「九　ヤコブ」の中の「アムネスティ・インターナショナルがKの娘のために国際的なキャンペーンをくり広げた」という箇所でした。

筆者の一回目のブラジル滞在は一九七〇年から一九七六年まで。軍政の抑圧の最も激しい時期にあたります。帰国後、たまたまアムネスティ・インターナショナルという国際的な人権擁護団体があることを知り、飛びつくような思いで会員になりました。外国からプレッシャーをかけることで人権侵害にストップをかけるというやり方の必要性と有効性を身に染みて感じていたからです。国内の人々には何もできない、やればその人自身に危険が及ぶということがよくわかっていましたから。

ですからアナ失踪直後の一九七四年ごろにブラジルの状況がアムネスティ・インターナショナルに伝わっていて、しかもキャンペーンまで出来たということ自体が信じられない気がしたのです。著者に直接訊いたところ、「確かにアナ夫婦のためにアムネスティは活動してくれた」との言葉。さっそくネットで検索してみました。

当時のアムネスティ文書がすべてデジタル化されているわけではないと思いますが、それでもアナ夫婦のために本格的な救援活動が行われていた実態がわかってきました。

二人が拉致されたのは一九七四年四月二十二日ですが、その事実がアムネスティに届いたのが七月九日。調査の結果、二人の救援のための「緊急行動」開始が同月二十九日。九月五日には公式に救援するケースとなり、イギリスとオランダのグループの担当となります。続いて翌年一月のニュースレターには「今月の囚人」として取り上げられました。これは毎月三人の囚人が選ばれ、その釈放を求めて全世界の会員が手紙を当局に送るという大々的なキャンペーンです。

ここまでわかったので、次は日本支部でも何かの形で動きがあったかを調べてみることにしました。昔の支部ニュースレターを見ると、まず一九七五年二月号の「今月のキャンペーン」に出ていました。ロンドンから送られてくるものを翻訳しているのでひと月遅れになっているようです。「シルバ夫婦（ブラジル）」として、シリアやチェコの囚人と並んで紹介されています。

そしてその次の三月号を見たときは本当に驚きました。「ブラジル・キャンペーン」を担当していた東京の第一グループの報告が載っていたのです。少し長くなりますが、引用してみましょう。

〈早春にしては少し肌寒い春分の日の午後、ブラジルの行方不明政治犯の早期釈放を求めるキャンペーンが行われました。宮下公園に集まった人は百人近くにのぼり、グループ代表の挨拶に続いて、日本人で最初の「良心の囚人」早川嘉春さん(2)の心温まるメッセージが読み上げられ、集会の雰囲気は盛り上がりました。

集会の後、アムネスティのシンボルマークであるろうそくに火がともされ、アムネスティ独特のキャンドル・マーチが繰り広げられました。マーチの先頭にはアナ・ロサ・シルバさんの写真(「屋根の上のバイオリン弾き」の作者ショーレム・アレイヘムの世界的研究者クシンスティを父に持ち、本人はサンパウロ大学の化学教授で、現在、行方不明)が掲げられ、参加者は手に手にブラジル政府に抗議するプラカードを持って行進しました。代々木公園までのマーチの間中、「行方不明のブラジル政治犯を探し出そう」というシュプレヒコールの声の波が途絶えたことはありませんでした。〉

筆者がまだブラジルにいて、アムネスティの存在すら知らない時期に、日本ではすでにアナの写真を掲げ、ブラジルの政治囚の釈放を求めて行進する人たちがいたのでした。

独裁政権と闘った日系活動家たち

本書は初版が二〇一一年に刊行された後、英語、スペイン語、カタロニア語、ドイツ語、ヘブライ語、イタリア語に翻訳されて出版されています。それでも著者はどうしても日本語版を、との強い願いを初めから持っていたようです。

理由は夫人の睦子さんが日系二世で、訪日の経験もあるというだけではありません。なによりも、軍政時代に独裁政権に抗した若者たちの中に日系人の割合がとても多かったからです。

筆者は一九七四年一月の大学統一テストを受験して二月にサンパウロ大学人文哲学学部社会学科に入学したのですが、その当時受験シーズンになるとよく耳にしたブラックジョークがありました。「日本人を一人殺せば、ブラジル人が一人大学に入れる」というもの（この場合の日本人とは、日系人という意味）。たしかにそう言われてもおかしくないほど、人口に対する各国移民の割合から考えると、日系人の大学進学率は飛び抜けて高い印象がありました。

日本人移民の一世には「自分たちは苦労しても子どもには最良の教育を」という思いがあり、また若者たちにも田舎を出たいという都会志向があったのでしょう。移民の多くがサンパウロ州内に入耕したことを考えれば、サンパウロ大学に日系人学生が多かったのは当然と言えます。しかも一九六〇年代後半に起こった世界的な学生運動の高まりの中で、ブラジルではサンパウロ大学が一番中心的な存在だったのですから、その中に日系人学生の数が多いのもうなずける話ではないでしょうか。

少し古くなりますが『サンパウロの暑い夏――日系テロリスタの闘い』（野呂義道著）[3]という本があります。この本はアナ夫婦と同じALN（国家解放運動）に所属していたジュン・ナカバヤシという日系二世の青年と仲間たちが主人公のドキュメンタリー。学究肌のジュンが祖国ブラジルのために銃を取り、過激な都市ゲリラに変貌していった過程とその複雑な心情を解き明かしています。

二〇一四年四月にはブラジル発行の日本語新聞「ニッケイ新聞」が〈軍政開始五〇年と日系活動家＝独裁政権と闘った若者たち〉のタイトルで三回の連載記事（深沢正雪編集長の署名入り）を出しています。三月に開かれた「軍事クーデターから五十年」集会の様子を詳しく報告し、実際に拷問を受けた日系女性や男性州議の証言を紹介しています。

アナ夫婦が属していた「国家解放運動」には日系人の名前が多く見られますが、アナのもうひとつの世界、正規の大学教師としての世界にも日系人はもちろん数多くいました。

大学で同級生だったカズヨというアナの親友は以下のように述べています。

「グループでレポートを提出しなくてはいけないときは、いつも私の母の家に集まっていました。大学から近いし、皆、母の料理を楽しみにしていたのです。アナはすぐ日本食が好きになりました。初めての食べ物にも物怖じせず挑戦するタイプで、サシミにも箸をつけていました。でもアナが一番好きだったのはエビの天ぷら。ただ、とっても食が細かったので、母はよく下手なポルトガル語でアナに『ほら、もっとたくさん食べて』と言っていました」

日本から移民してきたお母さんが、少食のアナにもっと食べさせようと一生懸命になっている様子が目に浮かぶようです。

物語の普遍性

本書の背景をいくつか説明してきましたが、「一九七〇年代の軍政下のブラジルで起こった事件」という時代と場所の枠を取り払い、完全なフィクションとして読んでも、小説として十分成り立つ内容を持っていると思います。

自由にものを言うことも出来ない独裁政治の恐ろしさを身にしみて感じて帰国した筆者は、アムネスティ・インターナショナルの会員となって世界各地の「良心の囚人」の救援活動に加わったのですが、そこでわかってきたのは、強権を発動する独裁政権下で起こることは世界中どこも同じような形をとるということでした。

まず国民を分断し、密告を奨励する。ひとつの政党や団体を「非合法」と決めて、政府にとって不都合と思われる人はすべて連行し、拷問してその政党なり団体に属していたと自白させる。そうすれば逮捕も拘禁もすべて正当化されるわけです。当人だけでなく、ただ身内、友人であるだけでも同様の目に合わされます。拷問の苦しさのあまり、知っている限りの人の名前を挙げてしまう人も出て来るでしょう。そうして芋蔓式に捕まった人たちは何で自分が拘束され、拷問されるのかもわからないのです。

また、人権侵害の周辺では直接加担しなかった人も深い心の傷を負うことになります。「二十　カウンセリング」では否応なく抑圧する側に立たされた女性のトラウマが描かれています し、「十八　情熱」は非情な弾圧者の愛人となってしまった女性の悲劇の物語です。

政治体制とは関係なく、もっと普遍的な悲しみについても語られています。「十四　困窮」や「二十六　残された者たち」では大切な人に先立たれた人の喪失感、絶望や心の葛藤など、当事者ならではの心情が切々と描かれ、映画「ソフィーの選択」、ミラン・クンデラやカフカの作品なども言及されています。

本書の初版の原題は『K.』ですが、この題名からカフカの『審判』の主人公ヨーゼフ・Kを思い浮かべた読者も多いことでしょう。著者に訊ねたところ「最初はただ父親の名字クシンスキーの頭文字のつもりだった。途中からカフカの小説の主人公のことも頭に入れて執筆するようになった」とのことでした。

イビラプエラ公園の記念碑

「真相究明委員会」が最終報告書を提出する十二月十日に先立って、八日には軍政の犠牲者を記念するモニュメント「軍政時代の政治的死者と行方不明者の記念碑」の除幕式が執り行われました。サンパウロ市人権局のイニシアチブによりサンパウロ市が建立したもの。約二十枚の鋼板でできたオブジェは全体で高さ六メートル、幅十二メートルに及ぶ巨大なもので、前列の白い板には犠牲者四六三名の名前が彫り込まれています。制作者は日系二世の建築家リカルド・大竹氏。「自由と民主主義のために死んだ人々は暗黒の時代を照らす光だったことを白い板で象徴した」と述べています。

名前はアルファベット順に書かれているので、アナの名前は一番左側の板に、夫のウイルソ

イビラプエラ公園の記念碑と訳者

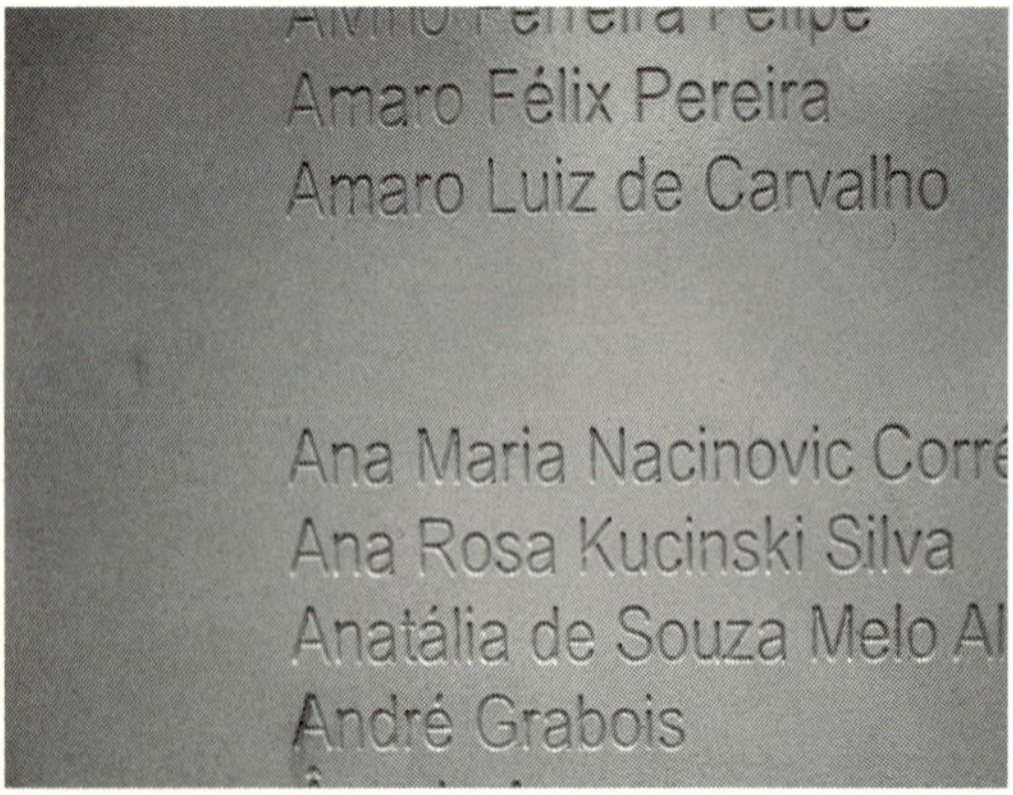

アナの名前

ンのは一番右側の板に見つけました。白く塗りこめられているので、彫られた字はよほど目をこらさないと読み取れません。「彼らの存在が見えなくなっていませんか？　忘れられていませんか？」と問いかけられているような気がします。

記念碑が建てられたのはサンパウロ市で一番訪れる人の多いイビラプエラ公園。当時取り調べや拷問が行われた軍施設とちょうど対峙するような場所に意図的に建てられたそうです。真ん中の白い板がいわゆる「記念碑」になっていて、そこには「決して忘れません。二度と繰り返しません」と彫り込まれています。

明けて二〇一五年は日本とブラジルの外交関係樹立から百二十周年の記念の年に当たります。二月のサンパウロ市のカーニバルでは、アギア・デ・オウロ（「金の鷲」の意）というグループのテーマが「ブラジルと日本：百二十年のきずな」でした。ハッピ姿のバッテリア（パーカッション隊）がサンバのリズムを打ち鳴らす中、日本から送られた立佞武多《たちねぶた》(4)まで登場して日本文化の素晴らしさを歌い上げていました。

日本とブラジルの交流は、今後さまざまな分野でますます深まっていくことと思います。そのブラジルにも暗い時代がありました。その中でその流れに翻弄されながらも連帯して生き残り、その時代を決して忘れまい、二度と繰り返すまいと心に誓う人々が数多くいます。忘れてはいけない事実を記録した書、二度と起こしてはいけないという警告の書、それが本書『K―

――消えた娘を追って』ではないでしょうか。

（1）『MEMÓRIAS DE UMA GUERRA SUJA』（TOPBOOKS, 2012）著者はMarcelo NettoとRogério Medeiros
（2）フェリス女学院大学名誉教授。一九七四年四月のいわゆる「民青学連事件」との関連を問われ、韓国当局に不当に逮捕された。後に事件そのものが捏造と韓国政府は認め、早川氏は名誉回復。
（3）講談社　一九七五年
（4）東日本大震災後に作られた「復興祈願・鹿嶋大明神と地震鯰」で、復興のシンボルとして青森県五所川原市からサンパウロのサンバチームに送られた。外国製の山車が出場するのは初めてとのこと。

訳者あとがき

本書は『K.』というタイトルで二〇一一年にEXPRESSÃO POPULAR社より刊行されました。翌年には第二版も出ています。その後は大手出版社のCOSACNAIFY社が引き継ぎ、『K.: RELATO DE UMA BUSCA』のタイトルで二〇一四年に装いを変えて出版されました。サブタイトルを訳すと「ある捜索の記録」というような意味になります。著者の希望により、本書はこのCOSACNAIFY社版を底本としています。

すでに翻訳出版されている英語、スペイン語、カタロニア語、ドイツ語、ヘブライ語、イタリア語はすべて初版を底本としているので、本書とは多少内容に違いが出ています。さらに、今回日本語版訳出にあたり、著者と訳者との話し合いで何か所か変更しました。「二十五　道の名前」と「二十七　兵営」の内容が一部書き換えられています。

本書の中心人物アナ・ホーザ・クシンスキーが拉致されたのは一九七四年四月。解説にも書いたように筆者がサンパウロ大学に入学したのが同年の二月初めです。わずか二か月半の期間ですが、同じ大学のキャンパス内にいたことになります。大学都市の敷地は広大で構内の移動

著者と訳者

には循環バスを使っていました。人文系の社会学科の学生だった筆者は、アナが教鞭をとっていた化学学部の校舎まで足を延ばしたことはありません。でも、どこかですれ違うくらいのことはあってもおかしくないでしょう。

著者のベルナルド・クシンスキー氏は、以前筆者が『さよならブラジル』という本を翻訳したと聞いて、いろいろ手を尽くし、ついに連絡先を探し当ててくださいました。その熱心さがなければ、筆者がこの本と出合う機会もなかっただろうと思います。送られた本を読み終わってすぐ同氏に送ったメールには「あの時代をサンパウロ大学のキャンパスで過ごした私には、この本は単なるフィクションとは思えず、現実味を持って迫ってきます」というようなことを書きました。ブラジルの軍事クーデターから五十年、アナ・クシンスキー拉致事件から四十年目の年にこの本を翻訳することになっためぐり合わせに運命的なものを感じないではいられません。

同じようにブラジルの軍政時代の人権抑圧をテーマにした前述の『さよならブラジル――国籍不明になった子供たち』（ルイス・プンテル著　花伝社　一九八九年）は主として青少年向きの読み物ですが、かなり長い解説を大人向きに書きました。末尾には当時の詳しい年表も掲載しています。本書に興味を持たれた方にはぜひ手に取っていただきたいと思います。

本書の出版を可能にしてくださった花伝社の平田勝様、編集を担当してくださった山口侑紀様に心からお礼を申し上げます。

二〇一五年十月

小高利根子

ベルナルド・クシンスキー（Bernardo Kucinski）
1937年、ブラジル、サンパウロ生まれ。ユダヤ系ポーランド人移民の二世。ブラジルのジャーナリストで、2012年までサンパウロ大学国際ジャーナリズム学科の教授。ブラジルの軍政時代（1964-1985）には自主的にイギリスに亡命し、BBC他でジャーナリストとして活躍。妹のアナ・ホーザが行方不明になったため1974年ブラジルに帰国。労働党党首ルーラ大統領の第一期（2002-2006）には大統領の特別補佐官を務めた。サンパウロ大学退職後、作家活動に入る。本作でポルトガル・テレコム文学賞、ブラジル作家国際連盟文学賞審査員特別賞受賞、ダブリン国際文学賞、サンパウロ文学賞新人賞最終審査ノミネート。

小高利根子（こだか・とねこ）
東京都出身。現在、川崎市高津区在住。1968年東京外国語大学英米科卒業。1970年より数年ずつブラジル、サンパウロ市へ。通算22年以上、ブラジルに住む。1974年から1976年までの2年間、サンパウロ大学人文学部社会学科に在籍。日本では「アムネスティ・インターナショナル日本」、「日本ラテンアメリカ子どもと本の会」会員。ブラジルでは「ブラジル日系文学会」会員。
主な翻訳書
『さよならブラジル――国籍不明になった子供たち』（花伝社、1989）
『サンパウロ・コネクション――ブラジル女性たちの歌舞伎町物語』（文藝春秋、1994）
『大航海――南極から北極へ660日間 ヨットひとり旅』（文藝春秋、1995）
『期待はずれのニッポン――投書に見る在日ブラジル人の声』（インターナショナルプレス、1996）
『ブラジルの民話　クルピーラ／サシ・ペレレー』（インターナショナルプレス、2007）

MINISTÉRIO DA CULTURA
Fundação BIBLIOTECA NACIONAL

本書はブラジル文化省／国立図書館財団の助成を受けて刊行されたものです。
"Obra publicada com o apoio do Ministério da Cultura do Brasil / Fundação Biblioteca Nacional."

K——消えた娘を追って

2015年10月15日　初版第1刷発行

著者——ベルナルド・クシンスキー
訳者——小高利根子
さし絵——エニオ・スケッフ
発行者——平田　勝
発行——花伝社
発売——共栄書房
〒101-0065　東京都千代田区西神田2-5-11 出版輸送ビル2F
電話　03-3263-3813
FAX　03-3239-8272
E-mail　kadensha@muf.biglobe.ne.jp
URL　http://kadensha.net
振替　00140-6-59661
写真提供——p.219,220　B.クシンスキー、p.228,232　小高利根子
装幀——生沼伸子
印刷・製本——中央精版印刷株式会社

ISBN978-4-7634-0740-5　C0097